泰戈尔
诗选

Selected Poems of Tagore

(印度) 泰戈尔 著
郑振铎 译

时代出版传媒股份有限公司
安 徽 文 艺 出 版 社

图书在版编目（CIP）数据

泰戈尔诗选/(印) 泰戈尔(Tagore,R.)著;郑振铎译.
—合肥：安徽文艺出版社，2011.11
（理想图文藏书·大师新编）
ISBN 978-7-5396-3848-5

Ⅰ.①泰… Ⅱ.①泰… ②郑… Ⅲ.①诗集－印度－
现代 Ⅳ.①I351.25

中国版本图书馆CIP数据核字(2011)第210104号

出 版 人：朱寒冬　　从书统筹：岑　杰
特约编辑：苗水芝　　责任编辑：岑　杰
图片解说：大雅堂　　装帧设计：视觉共振工作室

出版发行：时代出版传媒股份有限公司　www.press-mart.com
安徽文艺出版社　www.awpub.com
地　　址：合肥市翡翠路1118号　邮政编码：230071
营 销 部：(0551)3533889
印　　制：天津海德伟业印务有限公司 电话：022-29937888

开本：889×1194　1/32　印张：8　字数：175千字
版次：2011年12月第1版　2021年5月第2次印刷
定价：29.00元

代序　泰戈尔

我有几句话想趁这个机会对诸君讲，不知道你们有没有耐心听。泰戈尔先生快走了，在几天内他就离别北京，在一两个星期内他就告辞中国。他这一去大约是不会再来的了。也许他永远不能再到中国。

他是六七十岁的老人，他非但身体不强健，他并且是有病的。所以他要到中国来，不但他的家属、他的亲戚朋友、他的医生都不愿意他冒险，就是他欧洲的朋友，比如法国的罗曼·罗兰，也都有信去劝阻他。他自己也曾经踌躇了好久，他心里常常盘算他如果到中国来，他究竟不能够给我们好处，他想中国人自有他们的诗人、思想家、教育家，他们有他们的智慧、天才、心智的财富与营养，他们更用不着外来的补助与戟刺。"我只是一个诗人，我没有宗教家的福音，没有哲学家的理论，更没有科学家实利的效用，或是工程师建设的才能，他们要我去做什么，我自己又为什么要去，我有什么礼物带去满足他们的盼望？"他真的很觉得迟疑，所以他延迟了他的行期。但是他也对我们说到冬天完了春风吹动的时候（印度的春风比我们的吹得早），他不由得感觉了一种内迫的冲动，他面对着逐渐滋长的青草与鲜花，不由得抛弃了，忘却了他应尽的职务，不由得解放了他的歌唱的本能，和着新来的鸣雀，在柔软的南风中开怀地讴吟。同时他收到我们催请的信，我们青年盼望他的诚意与热心，唤起了老人的勇气。他立即定夺了他东来的决心。他说：趁我暮年的肢体不曾僵透，趁我衰老的心灵还能感受，决不可错过这最后唯一的机会，这博大、从容、礼让的民族，我幼年时便发心朝拜，与其将来在黄昏寂静的境界中萎衰地惆怅，毋宁利用这夕阳未暝的光芒，了却我晋香人的心愿?

他所以决意地东来，他不顾亲友的劝阻、医生的警告，不顾自身的高年与病体，他也撇开了在本国一切的任务，跋涉了万里的海程，他来到了中国。

自从四月十二在上海登岸以来，可怜老人不曾有过一天完整的休息，旅行的劳顿不必说，单就公开的演讲以及较小集会时的谈话，至少也有了三四十次！他的，我们知道，不是教授们的讲义，不是教士们的讲道，他的心府不是堆积货品的栈房，他的辞令不是教科书的喇叭。他是灵活的泉水，一颗颗颤动的圆珠从他心里兢兢地泛登水面都是生命的精液；他是瀑布的吼声，在白云间、青林中、石罅里、不住地欢响；他是百灵的歌声，他的欢欣、愤慨、响亮的谐音，弥漫在无际的晴空。但是他是倦了。终夜的狂歌已经耗尽了子规的精力，东方的曙色亦照出他点点的心血，染红了蔷薇枝上的白露。

老人是疲乏了。这几天他睡眠也不得安宁，他已经透支了他有限的精力。他差不多是靠散拿吐瑾[1]过日的。他不由得不感觉风尘的厌倦，他时常想念他少年时在恒河边沿拍浮的清福，他想望椰树的清荫与曼果的甜瓤。

但他还不仅是身体的疲劳，他也感觉心境的不舒畅。这是很不

1 散拿吐瑾，一种药物。

幸的。我们做主人的只是深深地负歉。他这次来华，不为游历，不为政治，更不为私人的利益，他熬着高年，冒着病体，抛弃自身的事业，备尝行旅的辛苦，他究竟为的是什么？他为的只是一点看不见的情感，说远一点，他的使命是在修补中国与印度两民族间中断千余年的桥梁。说近一点，他只想感召我们青年真挚的同情。因为他是信仰生命的，他是尊崇青年的，他是歌颂青春与清晨的，他永远指点着前途的光明。悲悯是当初释迦牟尼证果的动机，悲悯也是泰戈尔先生不辞艰苦的动机。现代的文明只是骇人的浪费，贪淫与残暴，自私与自大，相猜与相忌，飏风似的倾覆了人道的平衡，产生了巨大的毁灭。芜秽的心田里只是误解的蔓草，毒害同情的种子，更没有收成的希冀。在这个荒惨的境地里，难得有少数的丈夫，不怕阻难，不自馁怯，肩上扛着铲除误解的大锄，口袋里满装着新鲜人道的种子，不问天时是阴是雨是晴，不问是早晨是黄昏是黑夜，他只是努力地工作，清理一方泥土，施殖一方生命，同时口唱着嘹亮的新歌，鼓舞在黑暗中将次透露的萌芽。泰戈尔先生就是这少数中的一个。他是来广布同情的，他是来消除成见的。我们亲眼见过他慈祥的阳春似的表情，亲耳听过他从心灵底里迸裂出的大声，我想只要我们的良心不曾受恶毒的烟煤熏黑，或是被恶浊的偏见污抹，谁不曾感觉他至诚的力量，魔术似的，为我们生命的前途开辟了一个神奇的境界，点燃了理想的光明？所以我们也懂得他的深刻的懊怅与失望，如其他知道部分的青年不但不能容纳他的灵感，并且存心地诬毁他的热忱。我们固然奖励思想的独立，但我们绝不敢附和误解的自由。他生平最满意的成绩就在他永远能得青年的同情，不论在德国，在丹麦，在美国，在日本，青年永远是他最忠心的朋友。他也曾经遭受种种的误解与攻击，政府的猜疑与报纸的诬捏与守旧派的讥评，不论如何的谬妄与剧烈，从不曾扰动他优容的大量，他的希望，他的信仰，他的爱心，他的至诚，完全地托付青年。我的须，我的发是白的，但我的心却永远是青的，他常常对我们说，只要青年是我的知己，我理想的将来就有着落，我乐观的明灯永远不致黯淡。他不能相信纯洁的青年也会坠落在怀疑、猜忌、卑琐的泥溷，他更不能信中国的青年也会沾染不幸的污点。他真不预备在中国遭受意外的待遇。他很不自在，他很感觉异样的怆心。

因此精神的懊丧更加重他躯体的倦劳。他差不多是病了。我们当然很焦急地期望他的健康，但他再没有心境继续他的讲演。我们恐怕今天就是他在北京公开讲演最后的一个机会。他有休养的必要。我们也决不忍再使他耗费有限的精力。他不久又有长途的跋涉，他不能不有三四天完全的养息。所以从今天起，所有已经约定的集会，公开与私人的，一概撤销，他今天就出城去静养。

我们关切他的一定可以原谅，就是一小部分不愿意他来作客的诸君也可以自喜战略的成功。他是病了，他在北京不再开口了，他快走了，他从此不再来了。但是同学们，我们也得平心地想想，老人到底有什么罪，他有什么负心，他有什么不可容赦的犯案？公道是死了吗？为什么听不见你的声音？

他们说他是守旧，说他是顽固。我们能相信吗？他们说他是“太迟”，说他是“不合时宜”，我们能相信吗？他自己是不能信，真的不能信。他说这一定是滑稽家的反调。他一生所遭逢的批评只是太新、太早、太急进、太激烈、太革命的、太理想的，他六十年的生涯只是不断地奋斗与冲锋，他现在还只是冲锋与奋斗。但是他们说他是守旧、太迟、太老。他顽固奋斗的对象只是暴烈主义、资本主义、帝国主义、武力主义、杀灭性灵的物质主义；他主张的只是创造的生活，心灵的自由，国际的和平，教育的改造，普爱的实现。但他说他是帝国政策的间谍，资本主义的助力，亡国奴族的流民，提倡裹脚的狂人！肮脏是在我们的政客与暴徒的心里，与我们的诗人又有什么关系？昏乱是在我们冒名的学者与文人的脑里，与我们的诗人又有什么亲属？我们何妨说太阳是黑的，我们何妨说苍蝇是真理？同学们，听信我的话，像他的这样伟大的声音我们也许一辈子再不会听着的了。留神目前的机会，预防将来的惆怅！他的人格我们只能到历史上去搜寻比拟。他的博大的温柔的灵魂我敢说永远是人类记忆里的一次灵绩。他的无边的想象辽阔的同情使我们想起惠特曼[1]；他的博爱的福音与宣传的热心使我们记起托尔斯泰；他的坚忍的意志与艺术的天才使我们想起造摩西[2]像的米开朗基罗[3]；他的诙谐与智慧使我们想象当年的苏格拉底与老聃！他的人格的和谐与优美使我们想念暮年的歌德；他的慈祥的纯爱的抚摩，他的为人道不厌的努力，他的磅礴的大声，有时竟使我们唤起救主的心像，他的光彩、他的音乐、他的雄伟，使我们想念奥林匹斯[4]山顶的大神。他是不可侵凌的，不可逾越的，他是自然界的一个神秘的现象。他是三春和暖的南风，惊醒树枝上的新芽，增添处女颊上的红晕。他是普照的阳光。他是一派浩瀚的大水，来从不可追寻的渊源，在大地的怀抱中终古地流着，不息地流着，我

1　惠特曼（1819—1892），美国诗人，著有《草叶集》等。

2　摩西，《圣经》故事中古代犹太人的领袖。

3　米开朗基罗（1475—1564），意大利文艺复兴时期的雕塑家、画家。

4　奥林匹斯，希腊东北部的一座高山，古代希腊人视其为神山，它是希腊诸神的居所。

们只是两岸的居民，凭借这慈恩的天赋，灌溉我们的田稻，疏解我们的消渴，洗净我们的污垢。他是喜马拉雅积雪的山峰，一般的崇高、一般的纯洁、一般的壮丽、一般的高傲，只有无限的青天枕藉他银白的头颅。

人格是一个不可错误的实在，荒歉是一件大事，但我们是饿惯了的，只认鸠形与鹄面是人生本来的面目，永远忘却了真健康的颜色与彩泽。标准的低降是一种可耻的堕落：我们只是跼坐在井底的青蛙，但我们更没有怀疑的余地。我们也许揣详东方的初白，却不能非议中天的太阳。我们也许见惯了阴霾的天时，不耐这热烈的光焰，消散天空的云雾，暴露地面的荒芜，但同时在我们心灵的深处，我们岂不也感觉一个新鲜的影响，催促我们生命的跳动，唤醒潜在的想望，仿佛是武士望见了前峰烽烟的信号，更不踌躇地奋勇前向？只有接近了这样超轶的纯粹的丈夫，这样不可错误的实在，我们方始相形地自愧我们的口不够阔大，我们的嗓音不够响亮，我们的呼吸不够深长，我们的信仰不够坚定，我们的理想不够莹澈，我们的自由不够磅礴，我们的语言不够明白，我们的情感不够热烈，我们的努力不够勇猛，我们的资本不够充实……

我自信我不是恣滥不切事理的崇拜，我如其曾经应用浓烈的文字，这是因为我不能自制我浓烈的感想。但是我最急切要声明的是，我们的诗人，虽则常常招受神秘的徽号，在事实上却是最清明、最有趣、最诙谐、最不神秘的生灵。他是最通达人情，最近人情的。我盼望有机会追写他日常的生活与谈话。如其我是犯嫌疑的，如其我也是性近神秘的（有好多朋友这么说），你们还有适之先生的见证，他也说他是最可爱最可亲的一个人：我们可以相信适之先生绝对没有“性近神秘”的嫌疑！所以无论他怎样的伟大与深厚，我们的诗人还只是有骨有血的人，不是野人，也不是天神。唯其是人，尤其是最富情感的人，所以他到处要求人道的温暖与安慰，他尤其要我们中国青年的同情与情爱。他已经为我们尽了责任，我们不应，更不忍辜负他的期望。同学们！爱你的爱，崇拜你的崇拜，是人情不是罪孽，是勇敢不是懦怯！

徐志摩

目录

泰戈尔

泰戈尔诗选

（印度）泰戈尔 著

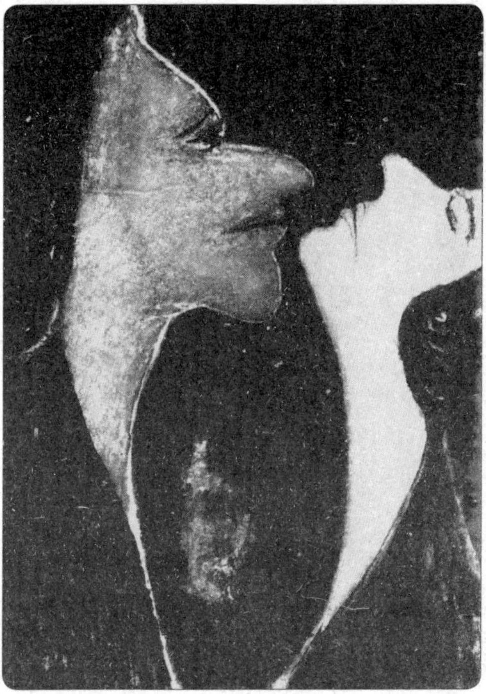

《爱情》丨 印度丨 泰戈尔

飞鸟集

一九二二年版《飞鸟集》译者序

译诗是一件最不容易的工作。原诗音节的保留固然是绝不可能的事！就是原诗意义的完全移植，也有十分的困难。散文诗算是最容易译的，但有时也须费十分的力气。如惠特曼(Walt Whit-man)的《草叶集》便是一个例子。这有两个原因：第一，有许多诗中特用的美丽文句，差不多是不能移动的。在一种文字里，这种字眼是“诗的”是“美的”，如果把他移植在第二种文字中，不是找不到相当的好字，便是把原意丑化了，变成非“诗的”了。在泰戈尔的《人格论》中，曾讨论到这一层。他以为诗总是选择那“有生气的”字眼，——就是那些不仅仅为报告用而能融化于我们心中，不因市井常用而损坏它的形式的字眼。譬如在英文里，“意识”(consciousness)这个字，带有多少科学的意义，所以诗中不常用它。印度文的同意字chetana则是一个“有生气”而常用于诗歌里的字。又如英文的“感情”(feeling)这个字是充满了生命的，但彭加利文[1]里的同意字anubhuti则诗中绝无用之者。在这些地方，译诗的人实在感到万分的困难；第二，诗歌的文句总是

1　彭加利文，也就是孟加拉文。

含蓄的，暗示的。他的句法的构造，多简短而含义丰富。有的时候，简直不能译。如直译，则不能达意。如稍加诠释，则又把原文的风韵与含蓄完全消灭，而使之不成一首诗了。

因此，我主张诗集的介绍，只应当在可能的范围选择，而不能——也不必——完全整册地搬运过来。

大概诗歌的选译，有两个方便的地方：第一，选择可以适应译者的兴趣。在一本诗集中的许多诗，译者未必都十分喜欢它。如果不十分喜欢它，不十分感觉到它的美好，则他的译文必不能十分得神，至少也把这快乐的工作变成一种无意义的苦役。选译则可以减灭译者的这层痛苦；第二，便是减少上述的两层翻译上的困难。因为如此便可以把不能译的诗，不必译出来。译出来而丑化了或是为读者所看不懂，则反不如不译的好。

但我并不是在这里宣传选译主义。诗集的全选，是我所极端希望而且欢迎的。不过这种工作应当让给那些有全译能力的译者去做。我为自己的兴趣与能力所限制，实在不敢担任这种重大的工作。且为大多数的译者计，我也主张选译是较好的一种译诗方法。

现在我译泰戈尔的诗，便实行了这种选译的主张，以前我也有全译泰戈尔各诗集的野心。有好些友人也极力劝我把它们全译出来。我试了几次。但我的野心与被大家鼓起的勇气，终于给我的能力与兴趣打败了。

现在所译的泰戈尔各集的诗，都是我所最喜欢读的，而且是我的能力所比较能够译得出的。

有许多诗，我自信是能够译得出的，但因为自己翻译它们的兴趣不大强烈，便不高兴去译它们。还有许多诗我是很喜欢读它们，而且是极愿意把它们译出来的。但因为自己能力的不允许，便也只好舍弃它们。

即在这些译出的诗中，有许多也是自己觉得译得不好，心中很不满意的。但实在不忍心再割舍它们了。只好请读者赏读它的原意，不必注意于粗陋的译文。

泰戈尔的诗集用英文出版的共有六部：

(一)《园丁集》(*Gardener*)

(二)《吉檀迦利》(*Jitanjali*)

(三)《新月集》(*Crescent Moon*)

(四)《采思集》(*Fruit-Gathering*)

(五)《飞鸟集》(*Stray Birds*)

(六)《爱者之贻与歧路》(*Lover’s Gift And Grossing*)

但据B.K.Roy的《泰戈尔与其诗》(*Tagore:The Man And His Poetry*)一书上所载，他用彭加利文写的重要诗集，却有下面的许多种：

Sandhva Sangit，Kshanika，

Probhat Sangit，Anika，

Bhanusingher Padabali，Kahini，

Chabu O Gan，Sishn，

Kari O Komal，Naibadya，

Prakritin Pratisodh，Utsharga，

Sonartari，Kheye，

Chaitali，Gitanzali，

Kalpana，Gitimalya，

Hatha.

我的这几本诗选，是根据那六部用英文写的诗集译下来的。因为我不懂梵文。

在这几部诗集中，间有重出的诗篇，如《海边》一诗，已见于《新月集》中，而又列入《吉檀迦利》，排为第六十首。《飞鸟集》的第九十八首，也与同集中的第二百六十三首相同。像这一类的诗篇，都照先见之例，把他列入最初见的地方。

我的译文自信是很忠实的。误解的地方，却也保不定完全没有。如读者偶有发现，肯公开地指教我，那是我所异常欢迎的。

郑振铎

一九二二年六月二十六日

一九三三年版《飞鸟集》译者序

《飞鸟集》曾经全译出来一次，因为我自己的不满意，所以又把它删节为现在的选译本[1]。以前，我曾看见有人把这诗集选译过，但似乎错得太多，因此我译时不曾拿它来参考。

近来小诗十分发达。他们的作者大半都是直接或间接受泰戈尔此集的影响的。此集的介绍，对于没有机会得读原文的，至少总有些贡献。

这诗集的一部分译稿是积了许多时候的，但大部分却都是在西湖俞楼译的。

我在此谢谢叶圣陶、徐玉诺二君。他们替我很仔细地校读过这部译文，并且供给了许多重要的意见给我。

郑振铎

一九三三年六月二十六日

1 此次出版的《飞鸟集》，是增补完备的全译本。

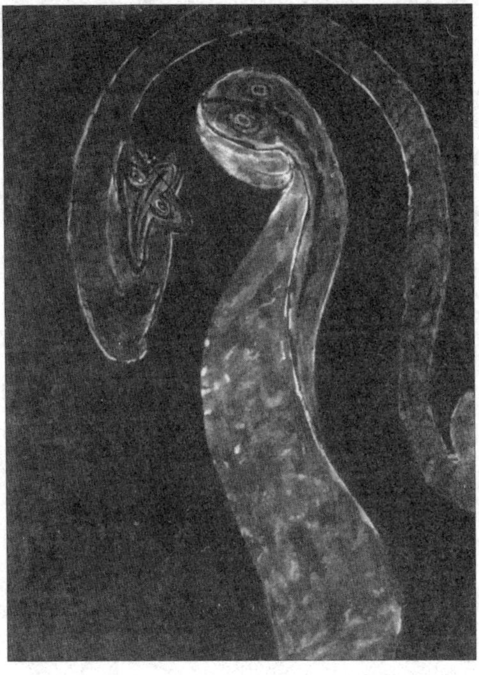

《抽象画》丨印度丨泰戈尔

1

夏天的飞鸟，飞到我的窗前唱歌，又飞去了。

秋天的黄叶，它们没有什么可唱，只叹息一声，飞落在那里。

2

世界上的一队小小的漂泊者呀，请留下你们的足印在我的文字里。

3

世界对着它的爱人，把它浩瀚的面具揭下了。它变小了，小如一首歌，小如一回永恒的接吻。

4

是大地的泪点，使她的微笑保持着青春不谢。

5

无垠的沙漠热烈追求一叶绿草的爱，她摇摇头笑着飞开了。

《小鸟》｜法国｜布格罗

6

如果你因失去了太阳而流泪，那么你也将失去群星了。

7

跳舞着的流水呀，在你途中的泥沙，要求你的歌声，你的流动呢。你肯挟跛足的泥沙而俱下么？

8

她的热切的脸，如夜雨似的，搅扰着我的梦魂。

9

有一次，我们梦见大家都是不相识的。

我们醒了，却知道我们原是相亲相爱的。

10

忧思在我的心里平静下去，正如暮色降临在寂静的山林中。

11

有些看不见的手，如懒懒的微飔似的，正在我的心上奏着潺湲的乐声。

12

“海水呀，你说的是什么？”

“是永恒的疑问。”

“天空呀，你回答的话是什么？”

“是永恒的沉默。”

13

静静地听，我的心呀，听那世界的低语，这是它对你求爱的表示呀。

14

创造的神秘，有如夜间的黑暗——是伟大的。而知识的幻影却不过如晨间之雾。

《海上之夜》丨美国丨肯特

15

不要因为峭壁是高的，便让你的爱情坐在峭壁上。

16

我今晨坐在窗前，世界如一个路人似的，停留了一会，向我点点头又走过去了。

17

这些微飔，是树叶的簌簌之声呀；它们在我的心里欢悦地微语着。

18

你看不见你自己，你所看见的只是你的影子。

19

神呀，我的那些愿望真是愚傻呀，它们杂在你的歌声中喧叫着呢。让我只是静听着吧。

《天使们的歌》| 法国 | 布格罗

20

我不能选择那最好的。是那最好的选择我。

21

那些把灯背在背上的人，把他们的影子投到了自己前面。

22

我的存在，对我是一个永久的神奇，这就是生活。

23

“我们萧萧的树叶都有声响回答那风和雨。你是谁呢，那样地沉默着？”

“我不过是一朵花。”

24

休息与工作的关系，正如眼睑与眼睛的关系。

25

人是一个初生的孩子，他的力量，就是生长的力量。

26

神希望我们酬答他，在于他送给我们的花朵，而不在于太阳和土地。

27

光明如一个裸体的孩子，快快活活地在绿叶当中游戏，它不知道人是会欺诈的。

28

啊，美呀，在爱中找你自己吧，不要到你镜子的谄谀中去找寻。

29

我的心把她的波浪在世界的海岸上冲激着，以热泪在上边写着她的题记：“我爱你。”

《花卉与帽子》丨法国丨马蒂斯

30

“月儿呀，你在等候什么呢？”

“向我将让位给他的太阳致敬。”

31

绿树长到了我的窗前，仿佛是喑哑的大地发出的渴望的声音。

32

神自己的清晨，在他自己看来也是新奇的。

33

生命从世界得到资产，爱情使它得到价值。

34

枯竭的河床，并不感谢它的过去。

35

鸟儿愿为一朵云。

《**爱情**》丨西班牙丨洛尔卡

云儿愿为一只鸟。

36

瀑布歌唱道："我得到自由时便有了歌声了。"

37

我说不出这心为什么那样默默地颓丧着。

是为了它那不曾要求、不曾知道、不曾记得的小小的需要。

38

妇人，你在料理家务的时候，你的手足歌唱着，正如山间的溪水歌唱着在小石中流过。

39

当太阳横过西方的海面时，对着东方留下他的最后的敬礼。

40

不要因为你自己没有胃口而去责备你的食物。

41

群树如表示大地的愿望似的，踮起脚来向天空窥望。

42

你微微地笑着，不同我说什么话。而我觉得，为了这个，我已等待很久了。

43

水里的游鱼是沉默的，陆地上的兽类是喧闹的，空中的飞鸟是歌唱着的。

但是，人类却兼有海里的沉默、地上的喧闹与空中的音乐。

44

世界在踌躇之心的琴弦上跑过去，奏出忧郁的乐声。

45

他把他的刀剑当做他的上帝。

当他的刀剑胜利的时候他自己却失败了。

《东方的统治者》| 德国 | 丢勒

46

神从创造中找到他自己。

47

阴影戴上她的面幕，秘密地，温顺地，用她的沉默的爱的脚步，跟在“光”后边。

48

群星不怕显得像萤火那样。

49

谢谢神，我不是一个权力的轮子，而是被压在这轮子下的活人之一。

50

心是尖锐的，不是宽博的，它执著在每一点上，却并不活动。

51

你的偶像委散在尘土中了，这可证明神的尘土比你的偶像还伟大。

52

人不能在他的历史中表现出他自己，他在历史中奋斗着露出头角。

53

玻璃灯因为瓦灯叫它做表兄而责备瓦灯。但当明月出来时，玻璃灯却温和地微笑着，叫明月为——“我亲爱的，亲爱的姐姐。”

54

我们如海鸥之与波涛相遇似的，遇见了，走近了。海鸥飞去，波涛滚滚地流开，我们也分别了。

55

我的白昼已经完了，我像一只泊在海滩上的小船，谛听着晚潮跳舞的乐声。

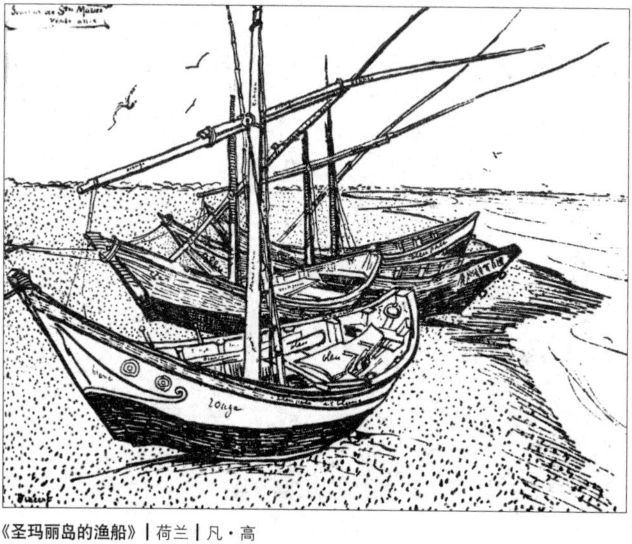

《圣玛丽岛的渔船》丨荷兰丨凡·高

56

我们的生命是天赋的，我们唯有献出生命，才能得到生命。

57

当我们是大为谦卑的时候，便是我们最接近伟大的时候。

58

麻雀看见孔雀负担着它的翎尾，替它担忧。

59

决不要害怕刹那——永恒之声这样唱着。

60

风于无路之中寻求最短之路，又突然地在“无何有之国”终止了它的追求。

61

在我自己的杯中，饮了我的酒吧，朋友。

一倒在别人的杯里，这酒的腾跳的泡沫便要消失了。

62

“完全”为了对“不全”的爱，把自己装饰得美丽。

63

神对人说：“我医治你所以伤害你，爱你所以惩罚你。”

64

谢谢火焰给你光明，但是不要忘了那执灯的人，他是坚忍地站在黑暗当中呢。

65

小草呀，你的足步虽小，但是你拥有你足下的土地。

66

幼花的蓓蕾开放了，它叫道："亲爱的世界呀，请不要萎谢了。"

67

神对于那些大帝国会感到厌恶，却决不会厌恶那些小小的花朵。

68

错误经不起失败，但是真理却不怕失败。

69

瀑布歌唱道："虽然渴者只要少许的水便够了，我却很快活地给予了我的全部的水。"

70

把那些花朵抛掷上去的那一阵子无休无止的狂欢大喜的劲儿，其源泉是在哪里呢？

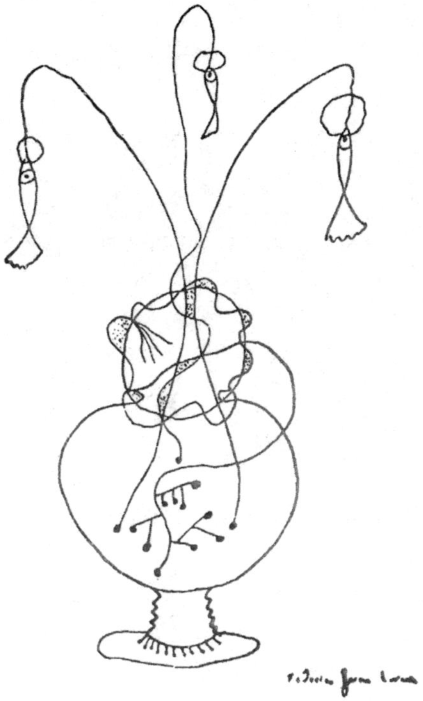

《**插花**》丨西班牙丨洛尔卡

71

樵夫的斧头，问树要斧柄。

树便给了他。

72

这寡独的黄昏，幕着雾与雨，我在我的心的孤寂里，感觉到它的叹息。

73

贞操是从丰富的爱情中生出来的财富。

74

雾，像爱情一样，在山峰的心上游戏，生出种种美丽的变幻。

75

我们把世界看错了，反说它欺骗我们。

76

诗人——飙风，正出经海洋和森林，追求它自己的歌声。

77

每一个孩子出生时都带来信息说：神对人并未灰心失望。

78

绿草求她地上的伴侣。

树木求他天空的寂寞。

79

人对他自己建筑起堤防来。

80

我的朋友，你的语声飘荡在我的心里，像那海水的低吟声缭绕在静听着的松林之间。

《树与湖畔风景》丨法国丨柯罗

81

这个不可见的黑暗之火焰，以繁星为其火花的，到底是什么呢？

82

使生如夏花之绚烂，死如秋叶之静美。

83

那想做好人的，在门外敲着门；那爱人的，看见门敞开着。

84

在死的时候，众多合而为一；在生的时候，一化为众多。

神死了的时候，宗教便将合而为一。

85

艺术家是自然的情人，所以他是自然的奴隶，也是自然的主人。

86

“你离我有多远呢，果实呀？”

“我藏在你心里呢，花呀。”

87

这个渴望是为了那个在黑夜里感觉得到，在大白天里却看不见的人。

88

露珠对湖水说道：“你是在荷叶下面的大露珠，我是在荷叶上面的较小的露珠。”

89

刀鞘保护刀的锋利，它自己则满足于它的迟钝。

90

在黑暗中，“一”视若一体；在光亮中，“一”便视若众多。

《**静物**》丨法国丨亨利·马蒂斯

91

大地借助于绿草，显出她自己的殷勤好客。

92

绿叶的生与死乃是旋风的急骤的旋转，它的更广大的旋转的圈子乃是在天上繁星之间徐缓的转动。

93

权势对世界说道：“你是我的。”

世界便把权势囚禁在她的宝座下面。

爱情对世界说道：“我是你的。”

世界便给予爱情以在它屋内来往的自由。

94

浓雾仿佛是大地的愿望。

它藏起了太阳，而太阳原是她所呼救的。

95

安静些吧，我的心，这些大树都是祈祷者呀。

《祈祷的手》｜德国｜丢勒

96

瞬刻的喧声，讥笑着永恒的音乐。

97

我想起了浮泛在生与爱与死的川流上的许多别的时代，以及这些时代之被遗忘，我便感觉到离开尘世的自由了。

98

我灵魂里的忧郁就是她的新婚的面纱。

这面纱等候着在夜间卸去。

99

死之印记给生的钱币以价值，使它能够用生命来购买那真正的宝物。

100

白云谦逊地站在天之一隅。

晨光给它戴上霞彩。

101

尘土受到损辱，却以她的花朵来报答。

102

只管走过去，不必逗留着采了花朵来保存，因为一路上花朵自会继续开放的。

103

根是地下的枝。

枝是空中的根。

104

远远去了的夏之音乐，翱翔于秋间，寻求它的旧垒。

105

不要从你自己的袋里掏出勋绩借给你的朋友，这是污辱他的。

106

无名的日子的感触，攀缘在我的心上，正像那绿色的苔藓，攀缘在老树的周身。

107

回声嘲笑她的原声，以证明她是原声。

108

当富贵利达的人夸说他得到神的特别恩惠时，上帝却羞了。

109

我投射我自己的影子在我的路上，因为我有一盏还没有燃点起来的明灯。

110

人走进喧哗的群众里去，为的是要淹没他自己的沉默的呼号。

《倒伏的树》| 佛兰德斯 | 鲁本斯

111

终止于衰竭是“死亡”，但“圆满”却终止于无穷。

112

太阳只穿一件朴素的光衣，白云却披了灿烂的裙裾。

113

山峰如群儿之喧嚷，举起他们的双臂，想去捉天上的星星。

114

道路虽然拥挤，却是寂寞的，因为它是不被爱的。

115

权势以它的恶行自夸，落下的黄叶与浮游的云片却在笑它。

116

今天大地在太阳光里向我营营哼鸣，像一个织着布的妇人，用一种已经被忘却的语言，哼着一些古代的歌曲。

117

绿草是无愧于它所生长的伟大世界的。

118

梦是一个一定要谈话的妻子。

睡眠是一个默默忍受的丈夫。

119

夜与逝去的日子接吻，轻轻地在他耳旁说道："我是死，是你的母亲。我就要给你以新的生命。"

120

黑夜呀，我感觉到你的美了。你的美如一个可爱的妇人，当她把灯灭了的时候。

121

我把在那些已逝去的世界上的繁荣带到我的世界上来。

《睡着的女人》丨荷兰丨伦勃朗

122

亲爱的朋友呀，当我静听着海涛时，我好几次在暮色深沉的黄昏里，在这个海岸上，感到你的伟大思想的沉默了。

123

鸟以为把鱼举在空中是一种慈善的举动。

124

夜对太阳说道："在月亮中，你送了你的情书给我。"

"我已在绿草上留下了我的流着泪点的回答了。"

125

伟人是一个天生的孩子，当他死时，他把他的伟大的孩提时代给了世界。

126

不是槌的打击，乃是水的载歌载舞，使鹅卵石臻于完美。

《月夜的心情》| 法国 | 布格罗

127

蜜蜂从花中啜蜜，离开时营营地道谢。

浮华的蝴蝶却相信花是应该向它道谢的。

128

如果你不等待着要说出完全的真理，那么把真话说出来是很容易的。

129

“可能”问“不可能”道：

“你住在什么地方呢？”

它回答道：“在那无能为力者的梦境里。”

130

如果你把所有的错误都关在门外时，真理也要被关在外面了。

131

我听见有些东西在我心的忧闷后面萧萧作响，——我不能看见它们。

132

闲暇在动作时便是工作。

静止的海水荡动时便成波涛。

133

绿叶恋爱时便成了花。

花崇拜时便成了果实。

134

埋在地下的树根使树枝产生果实，却不要求什么报酬。

135

阴雨的黄昏，风无休止地吹着。

我看着摇曳的树枝，想念着万物的伟大。

136

子夜的风雨，如一个巨大的孩子，在不合时宜的黑夜里醒来，开始游戏和喧闹。

《海神之战》| 德国 | 丢勒

137

海呀，你这暴风雨的孤寂的新妇呀，你虽掀起波浪追随你的情人，但是无用呀。

138

文字对工作说道："我惭愧我的空虚。"

工作对文字说道："当我看见你的时，我便知道我是怎样地贫乏了。"

139

时间是变化的财富。时钟模仿它，却只有变化而无财富。

140

真理穿了衣裳，觉得事实太拘束了。

在想象中，她却转动得很舒畅。

141

当我到这里那里旅行着时，路呀，我厌倦你了；但是现在，当你引导我到各处去时，我便爱上你，与你结婚了。

142

让我设想，在群星之中，有一颗星是指导着我的生命通过不可知的黑暗的。

143

妇人，你用了你美丽的手指，触着我的什物，秩序便如音乐似的生出来了。

144

一个忧郁的声音，筑巢于逝水似的年华中。

它在夜里向我唱道："我爱你。"

145

燃着的火，以它熊熊的光焰警告我不要走近它。

把我从潜藏在灰中的余烬里救出来吧。

146

我有群星在天上。

但是，唉，我屋里的小灯却没有点亮。

147

死文字的尘土沾着你。

用沉默去洗净你的灵魂吧。

148

生命里留了许多罅隙，从中送来了死之忧郁的音乐。

149

世界已在早晨敞开了它的光明之心。

出来吧，我的心，带着你的爱去与它相会。

150

我的思想随着这些闪耀的绿叶而闪耀；我的心灵因了这日光的抚触而歌唱；我的生命因为偕了万物一同浮泛在空间的蔚蓝、时间的墨黑中而感到欢快。

151

神的巨大的威权是在柔和的微飔里，而不在狂风暴雨之中。

152

在梦中，一切事都散漫着，都压着我，但这不过是一个梦呀。当我醒来时，我便将觉得这些事都已聚集在你那里，我也便将自由了。

153

落日问道："有谁继续我的职务呢？"

瓦灯说道："我要尽我所能地做去，我的主人。"

154

采着花瓣时，得不到花的美丽。

155

沉默蕴蓄着语声，正如鸟巢拥围着睡鸟。

156

大的不怕与小的同游。

居中的却远而避之。

《日落时光——在森林的边缘》丨俄国丨伊萨克·列维坦

157

夜秘密地把花开放了，却让那白日去领受谢词。

158

权势认为牺牲者的痛苦是忘恩负义。

159

当我们以我们的充实为乐时，那么，我们便能很快乐地跟我们的果实分手了。

160

雨点吻着大地，微语道："我们是你的思家的孩子，母亲，现在从天上回到你这里来了。"

161

蛛网好像要捉露点，却捉住了苍蝇。

162

爱情呀，当你手里拿着点亮了的痛苦之灯走来时，我能够看见你的脸，而且以你为幸福。

163

萤火对天上的星说道："学者说你的光明总有一天会消灭的。"

天上的星不回答它。

164

在黄昏的微光里，有那清晨的鸟儿来到了我的沉默的鸟巢里。

165

思想掠过我的心上，如一群野鸭飞过天空。

我听见它们鼓翼之声了。

166

沟洫总喜欢想：河流的存在，是专为它供给水流的。

167

世界以它的痛苦同我接吻，而要求歌声做报酬。

168

压迫着我的，到底是我的想要外出的灵魂呢，还是那世界的灵魂，敲着我心的门，想要进来呢?

169

思想以它自己的语言喂养它自己而成长起来。

170

我把我心之碗轻轻浸入这沉默之时刻中，它盛满了爱了。

171

或者你在工作，或者你没有。

当你不得不说：“让我们做些事吧”，那么就要开始胡闹了。

172

向日葵羞于把无名的花朵看作它的同胞。

太阳升上来了，向它微笑，说道："你好么，我的宝贝儿？"

173

"谁如命运似的推着我向前走呢？"

"那是我自己，在身背后大跨步走着。"

174

云把水倒在河的水杯里，它们自己却藏在远山之中。

175

我一路走去，从我的水瓶中漏出水来。

只剩下极少极少的水供我回家使用了。

176

杯中的水是光辉的；海中的水却是黑色的。

小理可以用文字来说清楚，大理却只有沉默。

《向日葵》 | 荷兰 | 凡·高

177

你的微笑是你自己田园里的花，你的谈吐是你自己山上的松林的萧萧；但是你的心呀，却是那个女人，那个我们全都认识的女人。

178

我把小小的礼物留给我所爱的人，——大的礼物却留给一切的人。心的门，想要进来呢?

179

妇人呀，你用泪海包绕着世界的心，正如大海包绕着大地。

180

太阳以微笑向我问候。

雨，他的忧闷的姐姐，向我的心谈话。

181

我的昼间之花，落下它那被遗忘的花瓣。

《悲伤的女人》| 意大利 | 柯勒乔

在黄昏中，这花成熟为一颗记忆的金果。

182

我像那夜间之路，正静悄悄地谛听着记忆的足音。

183

黄昏的天空，在我看来，像一扇窗户，一盏灯火，灯火背后的一次等待。

184

太急于做好事的人，反而找不到时间去做好人。

185

我是秋云，空空地不载着雨水，但在成熟的稻田中，可以看见我的充实。

186

他们嫉妒，他们残杀，人反而称赞他们。

然而上帝却害了羞，匆匆地把他的记忆埋藏在绿草下面。

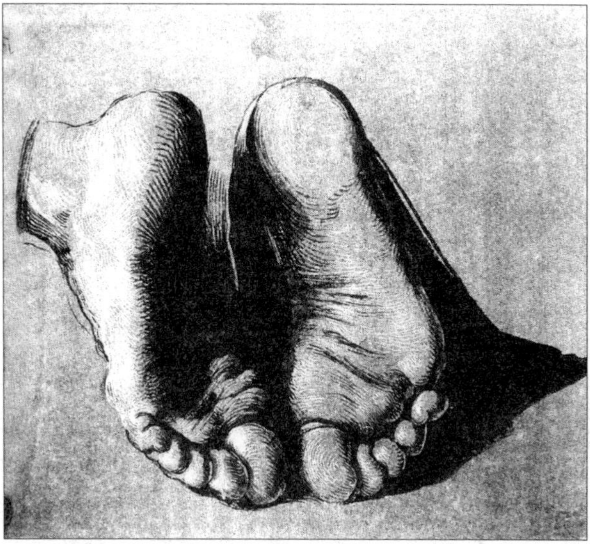

《脚的习作》丨德国丨丢勒

187

脚趾乃是舍弃了其过去的手指。

188

黑暗向光明旅行，但是盲者却向死亡旅行。

189

小狗疑心大宇宙阴谋篡夺它的位置。

190

静静地坐着吧，我的心，不要扬起你的尘土。

让世界自己寻路向你走来。

191

弓在箭要射出之前，低声对箭说道：“你的自由就是我的自由。”

《拿扇子的妇人》丨西班牙丨洛尔卡

192

妇人，在你的笑声里有着生命之泉的音乐。

193

全是理智的心，恰如一柄全是锋刃的刀。

它叫使用它的人手上流血。

194

神爱人间的灯光甚于他自己的大星。

195

这世界乃是为美之音乐所驯服了的狂风骤雨的世界。

196

晚霞向太阳说道："我的心经了你的接吻，便似金的宝箱了。"

197

接触着，你许会杀害；远离着，你许会占有。

198

蟋蟀的唧唧，夜雨的淅沥，从黑暗中传到我的耳边，好似我已逝的少年时代沙沙地来到我的梦境中。

199

花朵向星辰落尽了的曙天叫道：“我的露点全失落了。”

200

燃烧着的木块，熊熊地生出火光，叫道：“这是我的花朵，我的死亡。”

让世界自己寻路向你走来。

201

黄蜂认为邻蜂储蜜之巢太小。

他的邻人要他去建筑一个更小的。

202

河岸向河流说道：“我不能留住你的波浪。让我保存你的足印在我的心里吧。”

203

白日以这小小的地球的喧扰，淹没了整个宇宙的沉默。

204

歌声在天空中感到无限，图画在地上感到无限，诗呢，无论在空中，在地上都是如此。

因为诗的词句含有能走动的意义与能飞翔的音乐。

205

太阳在西方落下时，他的早晨的东方已静悄悄地站在他面前。

206

让我不要错误地把自己放在我的世界里而使它反对我。

207

荣誉使我感到惭愧，因为我暗地里求着它。

《创造亚当》丨意大利丨米开朗基罗

208

当我没有什么事做时，便让我不做什么事，不受骚扰地沉入安静深处吧，一如海水沉默时海边的暮色。

209

少女呀，你的纯朴，如湖水之碧，表现出你的真理之深邃。

210

最好的东西不是独来的，
它伴了所有的东西同来。

211

神的右手是慈爱的，但是他的左手却可怕。

212

我的晚色从陌生的树木中走来，它用我的晓星所不懂得的语言说话。

213

夜之黑暗是一只口袋，迸出黎明的金光。

214

我们的欲望把彩虹的颜色借给那只不过是云雾的人生。

215

神等待着，要从人的手上把他自己的花朵作为礼物赢得回去。

216

我的忧思缠绕着我，要问我它自己的名字。

217

果的事业是尊贵的，花的事业是甜美的；但是让我做叶的事业吧，叶是谦逊地、专心地垂着绿荫的。

218

我的心向着阑珊的风张了帆，要到无论何处的荫凉之岛去。

219

独夫们是凶暴的，但人民是善良的。

220

把我当做你的杯吧，让我为了你，而且为了你的人而盛满水吧。

221

狂风暴雨像是在痛苦中的某个天神的哭声，因为他的爱情被大地所拒绝。

222

世界不会流失，因为死亡并不是一个罅隙。

223

生命因为付出了的爱情而更为富足。

224

我的朋友，你伟大的心闪射出东方朝阳的光芒，正如黎明中

《爱的耳语》| 法国 | 布格罗

的一个积雪的孤峰。

225

死之流泉，使生的止水跳跃。

226

那些有一切东西而没有您的人，我的上帝，在讥笑着那些没有别的东西而只有您的人呢。

227

生命的运动在它自己的音乐里得到它的休息。

228

踢足只能从地上扬起尘土而不能得到收获。

229

我们的名字，便是夜里海波上发出的光，痕迹也不留就泯灭了。

230

让睁眼看着玫瑰花的人也看看它的刺。

231

鸟翼上系上了黄金，这鸟便永不能再在天上翱翔了。

232

我们地方的荷花又在这陌生的水上开了花，放出同样的清香，只是名字换了。

233

在心的远景里，那相隔的距离显得更广阔了。

234

月儿把她的光明遍照在天上，却留着她的黑斑给她自己。

235

不要说："这是早晨"，别用一个"昨天"的名词把它打发掉。你第一次看到它，把它当做还没有名字的新生孩子吧。

236

青烟对天空夸口，灰烬对大地夸口，都以为它们是火的兄弟。

237

雨点向茉莉花微语道："把我永久地留在你的心里吧。"

茉莉花叹息了一声，落在地上了。

238

腼怯的思想呀，不要怕我。

我是一个诗人。

239

我的心在朦胧的沉默里，似乎充满了蟋蟀的鸣声——声音的灰暗的暮色。

240

爆竹呀，你对群星的侮蔑，又跟着你自己回到地上来了。

在英国时的泰戈尔

241

您曾经带领着我，穿过我的白天的拥挤不堪的旅程，而到达了我的黄昏的孤寂之境。

在通宵的寂静里，我等待着它的意义。

242

我们的生命就似渡过一个大海，我们都相聚在这个狭小的舟中。

死时，我们便到了岸，各往各的世界去了。

243

真理之川从它的错误之沟渠中流过。

244

今天我的心是在想家了，在想着那跨过时间之海的那一个甜蜜的时候。

245

鸟的歌声是曙光从大地反响过去的回声。

246

晨光问毛莨道："你是骄傲得不肯和我接吻么？"

247

小花问道："我要怎样地对你唱，怎样地崇拜你呢？太阳呀？"

太阳答道："只要用你的纯洁的素朴的沉默。"

248

当人是兽时，他比兽还坏。

249

黑云受光的接吻时便变成天上的花朵。

250

不要让刀锋讥笑它柄子的拙钝。

《阳光、花儿和水》丨美国丨肯特

251

夜的沉默，如一个深深的灯盏，银河便是它燃着的灯光。

252

死像大海的无限的歌声，日夜冲击着生命的光明岛的四周。

253

花瓣似的山峰在饮着日光，这山岂不像一朵花吗？

254

“真实”的含义被误解，轻重被倒置，那就成了“不真实”。

255

我的心呀，从世界的流动找你的美吧，正如那小船得到风与水的优美似的。

256

眼不以能视来骄人，却以它们的眼镜来骄人。

257

我住在我的这个小小的世界里，生怕使它再缩小一丁点儿。把我抬举到您的世界里去吧，让我高高兴兴地失去我的一切的自由。

258

虚伪永远不能凭借它生长在权力中而变成真实。

259

我的心，同着它的歌的拍拍舐岸的波浪，渴望着要抚爱这个阳光熙和的绿色世界。

260

道旁的草，爱那天上的星吧，你的梦境便可在花朵里实现了。

261

让你的音乐如一柄利刃，直刺入市井喧扰的心中吧。

《普罗旺斯的果园》丨荷兰丨凡·高

262

这树的颤动之叶，触动着我的心，像一个婴儿的手指。

263

小花睡在尘土里。

它寻求蛱蝶走的道路。

264

我是在道路纵横的世界上。

夜来了。打开您的门吧，家之世界呵！

265

我已经唱过了您的白天的歌。

在黄昏的时候，让我拿着您的灯走过风雨飘摇的道路吧。

266

我不要求你进我的屋里。

你到我无量的孤寂里来吧，我的爱人！

267

死亡隶属于生命，正与生一样。

举足是走路，正如落足也是走路。

268

我已经学会在花与阳光里微语的意义。——再教我明白你在苦与死中所说的话吧。

269

夜的花朵来晚了，当早晨吻着她时，她战栗着，叹息了一声，萎落在地上了。

270

从万物的愁苦中，我听见了“永恒母亲”的呻吟。

271

大地呀，我到你岸上时是一个陌生人，住在你屋内时是一个宾客，离开你的门时是一个朋友。

272

当我去时，让我的思想到你那里来，如那夕阳的余光，映在沉默的星天的边上。

273

在我的心头燃点起那休憩的黄昏星吧，然后让黑夜向我微语着爱情。

274

我是一个在黑暗中的孩子。

我从夜的被单里向您伸出我的双手，母亲。

275

白天的工作完了。把我的脸掩藏在您的臂间吧，母亲。

让我入梦吧。

276

集会时的灯光，点了很久，会散时，灯便立刻灭了。

《第一次爱抚》局部 | 法国 | 布格罗

277

当我死时，世界呀，请在你的沉默中，替我留着“我已经爱过了”这句话吧。

278

我们在热爱世界时便生活在这世界上。

279

让死者有那不朽的名，但让生者有那不朽的爱。

280

我看见你，像那半醒的婴孩在黎明的微光里看见他的母亲，于是微笑而又睡去了。

281

我将死了又死，以明白生是无穷无尽的。

282

当我和拥挤的人群一同在路上走过时，我看见您从阳台上送过来的微笑，我歌唱着，忘却了所有的喧哗。

283

爱就是充实了的生命，正如盛满了酒的酒杯。

284

他们点了他们自己的灯，在他们的寺院内，吟唱他们自己的话语。

但是小鸟们却在你的晨光中，唱着你的名字，——因为你的名字便是快乐。

285

领我到您的沉寂的中心，使我的心充满了歌吧。

286

让那些选择了他们自己的焰火咝咝的世界的，就生活在那里吧。

我的心渴望着您的繁星，我的上帝。

287

爱的痛苦环绕着我的一生，像汹涌的大海似的唱着；而爱的快乐却像鸟儿们在花林里似的唱着。

288

假如您愿意，您就熄了灯吧。

我将明白您的黑暗，而且将喜爱它。

289

当我在那日子的终了，站在您的面前时，您将看见我的伤疤，而知道我有我的许多创伤，但也有我的医治的法儿。

290

总有一天，我要在别的世界的晨光里对你唱道："我以前在地球的光里，在人的爱里，已经见过你了。"

291

从别的日子里飘浮到我的生命里的云，不再落下雨点或引起风暴了，却只给予我的夕阳的天空以色彩。

《痛苦的人》丨佛兰德斯丨鲁本斯

292

真理引起了反对它自己的狂风骤雨，那场风雨吹散了真理的广播的种子。

293

昨夜的风雨给今日的早晨戴上了金色的和平。

294

真理仿佛带了它的结论而来；而那结论却产生了它的第二个。

295

他是有福的，因为他的名望并没有比他的真实更光亮。

296

您的名字的甜蜜充溢着我的心，而我忘掉了我自己的，——就像您的早晨的太阳升起时，那大雾便消失了。

297

静悄悄的黑夜具有母亲的美丽，而吵闹的白天具有孩子的美丽。

298

当人微笑时，世界爱了他；当他大笑时，世界便怕他了。

299

神等待着人在智慧中重新获得童年。

300

让我感到这个世界乃是您的爱的成形吧，那么，我的爱也将帮助着它。

301

您的阳光对着我的心头的冬天微笑，从来不怀疑它的春天的花朵。

302

上帝在他的爱里吻着“有涯”，而人却吻着“无涯”。

303

您越过不毛之年的沙漠而到达了圆满的时刻。

304

神的静默使人的思想成熟而为语言。

305

“永恒的旅客”呀，你可以在我的歌中找到你的足迹。

306

让我不致羞辱您吧，父亲，您在您的孩子们身上显出您的光荣。

307

这一天是不快活的。光在蹙额的云下，如一个被责打的儿童，灰白的脸上留着泪痕；风又号叫着，似一个受伤的世界的哭声。但是我知道，我正跋涉着去会我的朋友。

308

今天晚上棕榈叶在嚓嚓地作响，海上有大浪，满月呵，就像世界在心脉悸跳。从什么不可知的天空，您在您的沉默里带来了爱的痛苦的秘密？

309

我梦见一颗星，一个光明岛屿，我将在那里出生。在它快速的闲暇深处，我的生命将成熟它的事业，像阳光下的稻田。

310

雨中的湿土的气息，就像从渺小的无声的群众那里来的一阵巨大的赞美歌声。

311

说爱情会失去的那句话，乃是我们不能够当做真理来接受的一个事实。

312

我们将有一天会明白，死永远不能够夺去我们的灵魂所获得的东西。因为她所获得的，和她自己是一体。

313

神在我的黄昏的微光中，带着花到我这里来。这些花都是我过去的，在他的花篮中还保存得很新鲜。

314

主呀，当我的生之琴弦都已调得谐和时，你的手的一弹一奏，都可以发出爱的乐声来。

315

让我真真实实地活着吧，我的上帝。这样，死对于我也就成了真实的了。

316

人类的历史在很忍耐地等待着被侮辱者的胜利。

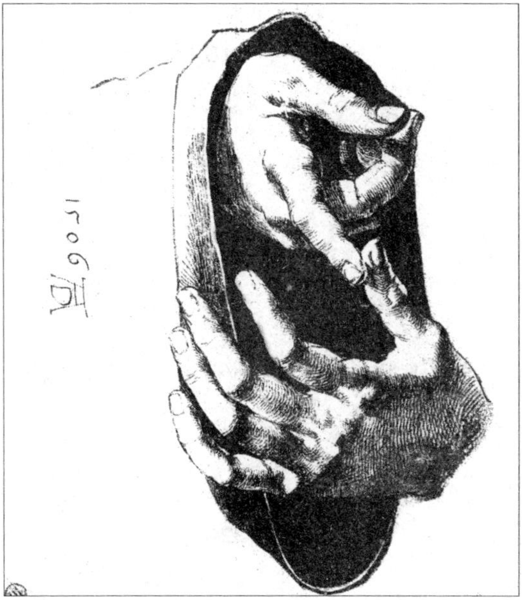

《耶稣的手》丨德国丨丢勒

317

我这一刻感到你的眼光正落在我的心上，像那早晨阳光中的沉默落在已收获的孤寂的田野上一样。

318

在这喧哗的波涛起伏的海中，我渴望着咏歌之鸟。

319

夜的序曲是开始于夕阳西下的音乐，开始于它对难以形容的黑暗所作的庄严的赞歌。

320

我攀登上高峰，发现在名誉的荒芜不毛的高处，简直找不到一个遮身之地。我的引导者呵，领导着我在光明逝去之前，进到沉静的山谷里去吧。在那里，一生的收获将会成熟为黄金的智慧。

321

在这个黄昏的朦胧里，好些东西看来都仿佛是幻象一般——尖塔的底层在黑暗里消失了，树顶像是墨水的模糊的斑点似的。我将等待着黎明，而当我醒来的时候，就会看到在光明里的您的城市。

322

我曾经受苦过，曾经失望过，曾经体会过“死亡”，于是我以我在这伟大的世界里为乐。

323

在我的一生里，也有贫乏和沉默的地域。它们是我忙碌的日子得到日光与空气的几片空旷之地。

324

我的未完成的过去，从后边缠绕到我身上，使我难于死去。请从它那里释放了我吧。

325

“我相信你的爱。”让这句话做我的最后的话。

《无题》| 印度 | 泰戈尔

新月集

一九二三年版《新月集》译者序

我对于泰戈尔(Tagore)的诗最初发生浓厚的兴趣，是在第一次读《新月集》的时候。那时离现在将近五年，许地山君坐在我家的客厅里，长发垂到两肩，在黄昏的微光中对我谈到泰戈尔的事。他说，他在缅甸时，看到泰戈尔的画像，又听人讲到他，便买了他的诗集来读。过了几天，我到许地山君的宿舍里去。他说："我拿一本泰戈尔的诗选送给你。"他便到书架上去找那本诗集。我立在窗前，四围静悄悄的，只有水池中喷泉的潺潺的声音。我静静地等候读那本美丽的书。他不久便从书架上取下很小的一本绿纸面的书来，他说："这是一个日本人选的泰戈尔诗，你先拿去看看。泰戈尔不久前曾到过日本。"我坐了车回家，在归程中，借着新月与市灯的微光，约略地把它翻看了一遍。最使我喜欢的是其中所选的几首《新月集》的诗。那一夜，在灯下又看了一次。第二天，地山见我时，问道："你最喜欢哪几首？"我说："《新月集》的几首。"隔了几天，他又拿了一本很美丽的书给我，他说："这就是《新月集》。"从那时候，《新月集》便常在我的书桌上。直到现在，我还时时把它翻开来读。

我译《新月集》，也是受地山君的鼓励。有一天，他把他所译的《吉檀迦利》的几首诗给我看，都是用古文译的。我说："译得很好，但似乎太古奥了。”他说：“这一类的诗，应该用这个古奥的文体译。至于《新月集》，却又须用新妍流畅的文字译。我想译《吉檀迦利》，你为何不译《新月集》呢？”于是我与他约，我们同时动手译这两部书。此后两年中，他的《吉檀迦利》固未译成，我的《新月集》也时译时辍。直到《小学月报》改革后，我才把自己所译的《新月集》在它上面发表了几首。地山译的《吉檀迦利》却始终没有再译下去。已译的几首，也始终不肯拿出来发表。后来王独清君译的《新月集》也出版了，我更懒得把自己的译下去。许多朋友却时时催我把这个工作做完。他们都说，王君的译文太不容易懂了，似乎有再译的必要。那时我正有选译泰戈尔诗的计划，便一方面把旧译的稿整理一下，一方面参考了王君的译文，又新译了八九首出来，结果便成了现在的这个译本。原集里还有九首诗，因为我不大喜欢它们，所以没有译出来[1]。

我喜欢《新月集》，如我之喜欢安徒生的童话。安徒生的文字美丽而富有诗趣，他有一种不可测的魔力，能把我们从忙扰的人世间带到美丽和平的花的世界、虫的世界、人鱼的世界里去；能使我们忘记了一切艰苦的境遇，随了他走进有静的方池的绿水、有美的挂在黄昏的天空的雨后弧虹等等的天国里去。《新月集》也具有这种不可测的魔力。它把我们从怀疑贪婪的成人的世界，带到秀嫩天真的儿童的新月之国里去。我们忙着费时间在计算数字，它却能使我们重又回到坐在泥土里以枯枝断梗为戏的时代；我们忙着入海采珠，掘山寻金，它却能使我们在心里重温着在海滨以贝壳为餐具，

1　本书出版的《新月集》，是增补完备的全译本。

以落叶为舟，以绿草的露点为圆珠的儿童的梦。总之，我们只要一翻开它来，便立刻如得到两只有魔术的翼膀，可以使自己从现实的苦闷的境地飞翔到美静天真的儿童国里去。

有许多人以为《新月集》是一部写给儿童看的书。这是他们受了广告上附注的“儿歌”(Child Poems)二字的暗示的缘故。实际上，《新月集》虽然未尝没有几首儿童可以看得懂的诗歌，而泰戈尔之写这些诗，却决非为儿童而作的。它并不是一部写给儿童读的诗歌集，乃是一部叙述儿童心理、儿童生活的最好的诗歌集。这正如俄国许多民众小说家所作的民众小说，并不是为民众而作，而是写民众的生活的作品一样。我们如果认清了这一点，便不会无端地引起什么怀疑与什么争论了。

我的译文自己很不满意，但似乎还很忠实，且不至于看不懂。

读者的一切指教，我都欢迎地承受。

我最后应该向许地山君表示谢意。他除了鼓励我以外，在这个译本写好时，还曾为我校读了一次。

郑振铎

一九二三年八月二十二日

一九五四年版《新月集》译者序

我在一九二三年的时候，曾把泰戈尔的《新月集》译为中文出版。但在那个译本里，并没有把这部诗集完全译出。这部诗集的英文本共有诗四十首，我只译出了三十一首。现在把我的译本重行校读了一下，重译并改正了不少地方，同时，并把没有译出的九首也补译了出来。这可算是《新月集》的一部比较完整的译本了。

应该在这里谢谢孙家晋同志，他花了好几天的工夫，把我的译文仔细地校读了一遍，有好几个地方是采用了他的译法的。

郑振铎

一九五四年八月六日

家 庭

我独自在横跨过田地的路上走着，夕阳像一个守财奴似的，正藏起它的最后的金子。

白昼更加深沉地没入黑暗之中，那已经收割了的孤寂的田地，默默地躺在那里。

天空里突然升起了一个男孩子的尖锐的歌声。他穿过看不见的黑暗，留下他的歌声的辙痕跨过黄昏的静谧。

他的乡村的家坐落在荒凉的土地的边上，在甘蔗田的后面，躲藏在香蕉树、瘦长的槟榔树、椰子树和深绿色的贾克果树的阴影里。

我在星光下独自走着的路上停留了一会，我看见黑沉沉的大地展开在我的面前，用她的手臂拥抱着无量数的家庭。在那些家庭里有着摇篮和床铺，母亲们的心和夜晚的灯，还有年轻轻的生命。他们满心欢乐，却浑然不知这样的欢乐对于世界的价值。

海　边

孩子们会集在无边无际的世界的海边。

无垠的天穹静止地临于头上，不息的海水在足下汹涌。孩子们会集在无边无际的世界的海边，叫着，跳着。

他们拿沙来建筑房屋，拿空贝壳来做游戏。他们把落叶编成了船，笑嘻嘻地把它们放到大海上。孩子们在世界的海边，做他们的游戏。

他们不知道怎样泅水，他们不知道怎样撒网。采珠的人为了珠潜水，商人在他们的船上航行，孩子们却只把小圆石聚了又散。他们不搜求宝藏；他们不知道怎样撒网。

大海哗笑着涌起波浪，而海滩的微笑荡漾着淡淡的光芒。致人死命的波涛，对着孩子们唱无意义的歌曲，就像一个母亲在摇动她孩子们的摇篮时一样。大海和孩子们一同游戏，而海滩的微笑荡漾着淡淡的光芒。

孩子们会集在无边无际的世界的海边。狂风暴雨飘游在无辙迹的天空上，航船沉碎在无辙迹的海水里，死正在外面活动，孩子们却在游戏。在无边无际的世界的海边，孩子们大会集着。

来　源

流泛在孩子两眼的睡眠，——有谁知道它是从什么地方来的？是的，有个谣传，说它是住在萤火虫朦胧地照耀着林荫的仙村里，在那个地方，挂着两个迷人的羞怯的蓓蕾。它便是从那个地方来吻孩子的两眼的。

当孩子睡着时，在他唇上浮动着的微笑——有谁知道它是从什么地方生出来的？是的，有个谣传，说新月的一线年轻的清光，触着将消未消的秋云边上，于是微笑便初生在一个浴在清露里的早晨的梦中了。——当孩子睡时，微笑便在他的唇上浮动着。

甜蜜柔嫩的新鲜生气，像花一般的在孩子的四肢上开放着——有谁知道它在什么地方藏得这样久？是的，当妈妈还是一个少女的时候，它已在爱的温柔而沉静的神秘中，潜伏在她的心里了。——甜蜜柔嫩的新鲜生气，像花一般的在孩子的四肢上开放着。

孩子的世界

我愿我能在我孩子的自己的世界的中心，占一角清净地。

我知道有星星同他说话，天空也在他面前垂下，用它傻傻的云朵和彩虹来愉悦他。

那些大家以为他是哑的人，那些看去像是永不会走动的人，都带了他们的故事，捧了满装着五颜六色的玩具的盘子，匍匐地来到他的窗前。

我愿我能在横过孩子心中的道路上游行，解脱了一切的束缚；

在那儿，使者奉了无所谓的使命奔走于无史的诸王的王国间；

在那儿，理智以她的法律造为纸鸢而飞放，真理也使事实从桎梏中自由了。

孩童之道

只要孩子愿意，他此刻便可飞上天去。

他所以不离开我们，并不是没有缘故。

他爱把他的头倚在妈妈的胸间，他即使是一刻不见她，也是不行的。

孩子知道各式各样的聪明话，虽然世间的人很少懂得这些话的意义。

他所以永不想说，并不是没有缘故。

他所要做的一件事，就是要学习从妈妈的嘴唇里说出来的话。那就是他所以看来这样天真的缘故。

孩子有成堆的黄金与珠子，但他到这个世界上来，却像一个乞丐。

他所以这样假装了来，并不是没有缘故。

这个可爱的小小的裸着身体的乞丐，所以假装着完全无助的样子，便是想要乞求妈妈的爱的财富。

孩子在纤小的新月的世界里，是一切束缚都没有的。

《母爱》丨法国丨布格罗

他所以放弃了他的自由，并不是没有缘故。

他知道有无穷的快乐藏在妈妈的心的小小一隅里，被妈妈亲爱的手臂所拥抱，其甜美远胜过自由。

孩子永不知道如何哭泣。他所住的是完全的乐土。

他所以要流泪，并不是没有缘故。

虽然他用了可爱的脸儿上的微笑，引逗得他妈妈的热切的心向着他，然而他的因为细故而发的小小的哭声，却编成了怜与爱的双重约束的带子。

不被注意的花饰

啊，谁给那件小外衫染上颜色的，我的孩子，谁使你的温软的肢体穿上那件红的小外衫的？

你在早晨就跑出来到天井里玩儿，你，跑着就像摇摇欲跌似的。

但是谁给那件小外衫染上颜色的，我的孩子？

什么事叫你大笑起来的，我的小小的命芽儿？

妈妈站在门边，微笑地望着你。

她拍着她的双手，她的手镯叮当地响着，你手里拿着你的竹竿儿在跳舞，活像一个小小的牧童儿。

但是什么事叫你大笑起来的，我的小小的命芽儿？

喔，乞丐，你双手攀搂住妈妈的头颈，要乞讨些什么？

喔，贪得无厌的心，要我把整个世界从天上摘下来，像摘一个果子似的，把它放在你的一双小小的玫瑰色的手掌上么？

喔，乞丐，你要乞讨些什么？

风高兴地带走了你踝铃的叮当。

太阳微笑着，望着你的打扮。

当你睡在你妈妈的臂弯里时，天空在上面望着你，而早晨蹑手蹑脚地走到你的床跟前，吻着你的双眼。

风高兴地带走了你踝铃的叮当。

仙乡里的梦婆飞过朦胧的天空，向你飞来。

在你妈妈的心头上，那世界母亲，正和你坐在一块儿。

他，向星星奏乐的人，正拿着他的横笛，站在你的窗边。

仙乡里的梦婆飞过朦胧的天空，向你飞来。

偷睡眠者

谁从孩子的眼里把睡眠偷了去呢？我一定要知道。

妈妈把她的水罐挟在腰间，走到近村汲水去了。

这是正午的时候，孩子们游戏的时间已经过去了；池中的鸭子沉默无声。

牧童躺在榕树的荫下睡着了。

白鹤庄重而安静地立在檬果树边的泥泽里。

就在这个时候，偷睡眠者跑来从孩子的两眼里捉住睡眠，便飞去了。

当妈妈回来时，她看见孩子四肢着地地在屋里爬着。

谁从孩子的眼里把睡眠偷了去呢？我一定要知道。我一定要找到她，把她锁起来。

我一定要向那个黑洞里张望，在这个洞里，有一道小泉从圆的有皱纹的石上滴下来。

我一定要到醉花[1]林中的沉寂的树影里搜寻，在这林中，鸽子在它们住的地方咕咕地叫着，仙女的脚环在繁星满天的静夜里叮当地响着。

1　醉花(bakula)，印度传说美女口中吐出香液，此花始开。

《睡着的孩子》 | 荷兰 | 伦勃朗

我要在黄昏时，向静静的萧萧的竹林里窥望，在这林中，萤火虫闪闪地耗费它们的光明，只要遇见一个人，我便要问他："谁能告诉我偷睡眠者住在什么地方？"

谁从孩子的眼里把睡眠偷了去呢？我一定要知道。

只要我能捉住她，怕不会给她一顿好教训！

我要闯入她的巢穴，看她把所有偷来的睡眠藏在什么地方。

我要把它都夺来，带回家去。

我要把她的双翼缚得紧紧的，把她放在河边，然后叫她拿一根芦苇在灯心草和睡莲间钓鱼为戏。

黄昏，街上已经收了市，村里的孩子们都坐在妈妈的膝上时，夜鸟便会讥笑地在她耳边说："你现在还想偷谁的睡眠呢？"

开 始

“我是从哪儿来的，你，在哪儿把我捡起来的？”孩子问他的妈妈说。

她把孩子紧紧地搂在胸前，半哭半笑地答道——

“你曾被我当做心愿藏在我的心里，我的宝贝。

“你曾存在于我孩童时代玩的泥娃娃身上；每天早晨我用泥土塑造我的神像，那时我反复地塑了又捏碎了的就是你。

“你曾和我们的家庭守护神一同受到祀奉，我崇拜家神时也就崇拜了你。

“你曾活在我所有的希望和爱情里，活在我的生命里，我母亲的生命里。

“在主宰着我们家庭的不死的精灵的膝上，你已经被抚育了好多代了。

“当我做女孩子的时候，我的心的花瓣儿张开，你就像一股花香似的散发出来。

“你的软软的温柔，在我的青春的肢体上开花了，像太阳出来之前的天空上的一片曙光。

“上天的第一宠儿，晨曦的孪生兄弟，你从世界的生命的溪流浮泛而下，终于停泊在我的心头。

《拿扇的女孩》 | 德国 | 伦巴赫

“当我凝视你的脸蛋儿的时候，神秘之感淹没了我；你这属于一切人的，竟成了我的。

“为了怕失掉你，我把你紧紧地搂在胸前。是什么魔术把这世界的宝贝引到我这双纤小的手臂里来呢？”

时候与原因

当我给你五颜六色的玩具的时候，我的孩子，我明白了为什么云上水上是这样的色彩缤纷，为什么花朵上染上绚烂的颜色的原因了——当我给你五颜六色的玩具的时候，我的孩子。

当我唱着使你跳舞的时候，我真的知道了为什么树叶儿响着音乐，为什么波浪把它们的合唱的声音送进静听着的大地的心头的原因了——当我唱着使你跳舞的时候。

当我把糖果送到你贪得无厌的双手上的时候，我知道了为什么在花萼里会有蜜，为什么水果里会秘密地充溢了甜汁的原因了——当我把糖果送到你贪得无厌的双手上的时候。

当我吻着你的脸蛋儿叫你微笑的时候，我的宝贝，我的确明白了在晨光里从天上流下来的是什么样的快乐，而夏天的微飔吹拂在我的身体上的又是什么样的爽快——当我吻着你的脸蛋儿叫你微笑的时候。

责　备

为什么你眼里有了眼泪，我的孩子？

他们真是可怕，常常无谓地责备你！

你写字时墨水玷污了你的手和脸——这就是他们所以骂你龌龊的缘故么？

呵，呸！他们也敢因为圆圆的月儿用墨水涂了脸，便骂它龌龊么？

他们总要为了每一件小事去责备你，我的孩子。他们总是无谓地寻人错处。

你游戏时扯破了你的衣服——这就是他们说你不整洁的缘故么？

呵，呸！秋之晨从它的破碎的云衣中露出微笑。那么，他们要叫它什么呢？

他们对你说什么话，尽管可以不去理睬他，我的孩子。

他们把你做错的事长长地记了一笔账。

谁都知道你是十分喜欢糖果的——这就是他们所以称你做贪婪的缘故么？

呵，呸！我们是喜欢你的，那么，他们要叫我们什么呢？

《打烂的水罐》| 法国 | 布格罗

审判官

你想说他什么尽管说罢，但是我知道我孩子的短处。

我爱他并不因为他好，只是因为他是我的小小的孩子。

你如果把他的好处与坏处两两相权一下，恐怕你就会知道他是如何的可爱罢?

当我必须责罚他的时候，他更成为我的生命的一部分了。

当我使他眼泪流出时，我的心也和他同哭了。

只有我才有权去骂他，去责罚他，因为只有热爱人的才可以惩戒人。

玩　具

孩子，你真是快活呀，一早晨坐在泥土里，耍着折下来的小树枝儿。

我微笑地看你在那里耍着那根折下来的小树枝儿。

我正忙着算账，一小时一小时在那里加叠数字。

也许你在看我，想道："这种好没趣的游戏，竟把你的一早晨的好时间浪费掉了！"

孩子，我忘了聚精会神玩耍树枝与泥饼的方法了。

我寻求贵重的玩具，收集金块与银块。

你呢，无论找到什么便去做你的快乐的游戏，我呢，却把我的时间与力气都浪费在那些我永不能得到的东西上。

我在我的脆薄的独木船里挣扎着要航过欲望之海，竟忘了我也是在那里做游戏了。

天文家

我不过说："当傍晚圆圆的满月挂在迦昙波[1]的枝头时，有人能去捉住它么？"

哥哥却对我笑道："孩子呀，你真是我所见到的顶顶傻的孩子。月亮离我们这样远，谁能去捉住它呢？"

我说："哥哥，你真傻！当妈妈向窗外探望，微笑着往下看我们游戏时，你也能说她远么？"

哥哥还是说："你这个傻孩子！但是，孩子，你到哪里去找一个大得能逮住月亮的网呢？"

我说："你自然可以用双手去捉住它呀。"

但是哥哥还是笑着说："你真是我所见到的顶顶傻的孩子！如果月亮走近了，你便知道它是多么大了。"

我说："哥哥，你们学校里所教的，真是没有用呀！当妈妈低下脸儿跟我们亲嘴时，她的脸看来也是很大的么？"

但是哥哥还是说："你真是一个傻孩子。"

1　迦昙波，原名Kadam，亦作Kadamba，意译"白花"，即昙花。

《星夜》丨荷兰丨凡·高

云与波

妈妈，住在云端的人对我唤道——

“我们从醒的时候游戏到白日终止。

“我们与黄金色的曙光游戏，我们与银白色的月亮游戏。”

我问道：“但是，我怎么能够上你那里去呢？”

他们答道：“你到地球的边上来，举手向天，就可以被接到云端里来了。”

“我妈妈在家里等我呢，”我说，“我怎么能离开她而来呢？”

于是他们微笑着浮游而去。

但是我知道一件比这个更好的游戏，妈妈。

我做云，你做月亮。

我用两只手遮盖你，我们的屋顶就是青碧的天空。

住在波浪上的人对我唤道——

“我们从早晨唱歌到晚上；我们前进又前进地旅行，也不知我们所经过的是什么地方。”

我问道：“但是，我怎么能加入你们队伍里去呢？”

他们告诉我说：“来到岸旁，站在那里，紧闭你的两眼，你就被带到波浪上来了。”

我说：“傍晚的时候，我妈妈常要我在家里——我怎么能离开她而去呢！”

于是他们微笑着，跳舞着奔流过去。

但是我知道一件比这个更好的游戏。

我是波浪，你是陌生的岸。

我奔流而进，进，进，笑哈哈地撞碎在你的膝上。

世界上就没有一个人会知道我们俩在什么地方。

金色花

假如我变了一朵金色花[1]，只是为了好玩，长在那棵树的高枝上，笑哈哈地在风中摇摆，又在新生的树叶上跳舞，妈妈，你会认识我么？

你要是叫道："孩子，你在哪里呀？"我暗暗地在那里匿笑，却一声儿不响。

我要悄悄地开放花瓣儿，看着你工作。

当你沐浴后，湿发披在两肩，穿过金色花的林荫，走到你做祷告的小庭院时，你会嗅到这花的香气，却不知道这香气是从我身上来的。

当你吃过中饭，坐在窗前读《罗摩衍那》[2]，那棵树的阴影落在你的头发与膝上时，我便要投我的小小的影子在你的书页上，正投在你所读的地方。

1 金色花，原名champa，亦作Champak，印度圣树，木兰花属植物，开金黄色碎花。译名亦作"瞻波伽"或"占博伽"。

2 《罗摩衍那》(Ramayana)为印度叙事诗，相传系蚁垤(Valmiki)所作。今传本形式约为公元二世纪间所形成。全书分为七卷，共二万四千颂，皆系叙述罗摩生平之作。罗摩即罗摩犍陀罗。十车王之子，悉多之夫。他于第二世(Treta yaga)入世，为毗湿奴神第七化身。印度人看他为英雄，有崇拜他如神的。

《**母亲读书**》| 荷兰 | 伦勃朗

但是你会猜得出这就是你的小孩子的小影子么?

当你黄昏时拿了灯到牛棚里去，我便要突然地再落到地上来，又成了你的孩子，求你讲个故事给我听。

“你到哪里去了，你这坏孩子?”

“我不告诉你，妈妈。”这就是你同我那时所要说的话了。

仙人世界

如果人们知道了我的国王的宫殿在哪里，它就会消失在空气中的。

墙壁是白色的银，屋顶是耀眼的黄金。

皇后住在有七个庭院的宫苑里；她戴的一串珠宝，值得整整七个王国的全部财富。

不过，让我悄悄地告诉你，妈妈，我的国王的宫殿究竟在哪里。

它就在我们阳台的角上，在那栽着杜尔茜花的花盆放着的地方。

公主躺在远远的隔着七个不可逾越的重洋的那一岸沉睡着。

除了我自己，世界上便没有人能够找到她。

她臂上有镯子，她耳上挂着珍珠；她的头发拖到地板上。

当我用我的魔杖点触她的时候，她就会醒过来，而当她微笑时，珠玉将会从她唇边落下来。

不过，让我在你的耳朵边悄悄地告诉你，妈妈；她就住在我们阳台的角上，在那栽着杜尔茜花的花盆放着的地方。

当你要到河里洗澡的时候，你走上屋顶的那座阳台来罢。

我就坐在墙的阴影所聚会的一个角落里。

我只让小猫儿跟我在一起，因为它知道那故事里的理发匠住的地方。

不过，让我在你的耳朵边悄悄地告诉你，那故事里的理发匠到底住在哪里。

他住的地方，就在阳台的角上，在那栽着杜尔茜花的花盆放着的地方。

纸　船

我每天把纸船一个个放在急流的溪中。

我用大黑字写我的名字和我住的村名在纸船上。

我希望住在异地的人会得到这纸船，知道我是谁。

我把园中长的秀利花载在我的小船上，希望这些黎明开的花能在夜里被平平安安地带到岸上。

我投我的纸船到水里，仰望天空，看见小朵的云正张着满鼓着风的白帆。

我不知道天上有我的什么游伴把这些船放下来同我的船比赛！

夜来了，我的脸埋在手臂里，梦见我的纸船在子夜的星光下缓缓地浮泛前去。

睡仙坐在船里，带着满载着梦的篮子。

流放的地方

妈妈，天空上的光成了灰色了；我不知道是什么时候了。

我玩得怪没劲儿的，所以到你这里来了。这是星期六，是我们的休息日。

放下你的活计，妈妈；坐在靠窗的一边，告诉我童话里的特潘塔沙漠在什么地方？

雨的影子遮掩了整个白天。

凶猛的电光用它的爪子抓着天空。

当乌云在轰轰地响着，天打着雷的时候，我总爱心里带着恐惧爬伏到你的身上。

当大雨倾泻在竹叶子上好几个钟头，而我们的窗户为狂风震得格格发响的时候，我就爱独自和你坐在屋里，妈妈，听你讲童话里的特潘塔沙漠的故事。

它在哪里，妈妈，在哪一个海洋的岸上，在哪些个山峰的脚下，在哪一个国王的国土里？

田地上没有此疆彼壤的界石，也没有村人在黄昏时走回家的，或妇人在树林里捡拾枯枝而捆载到市场上去的道路。沙地上只有一小块一小块的黄色草地，只有一株树，就是那一对聪明的老鸟儿在那里做窝的，那个地方就是特潘塔沙漠。

我能够想象得到，就在这样一个乌云密布的日子，国王的年轻的儿子，怎样地独自骑着一匹灰色马，走过这个沙漠，去寻找那被囚禁在不可知的重洋之外的巨人宫里的公主。

当雨雾在遥远的天空下降，电光像一阵突然发作的痛楚的痉挛似的闪射的时候，他可记得他的不幸的母亲，为国王所弃，正在扫除牛棚，眼里流着眼泪，当他骑马走过童话里的特潘塔沙漠的时候？

看，妈妈，一天还没有完，天色就差不多黑了，那边村庄的路上没有什么旅客了。

牧童早就从牧场上回家了，人们都已从田地里回来，坐在他们草屋的檐下的草席上，眼望着阴沉的云块。

妈妈，我把我所有的书本都放在书架上了——不要叫我现在做功课。

当我长大了，大得像爸爸一样的时候，我将会学到必须学的东西的。

但是，今天你可得告诉我，妈妈，童话里的特潘塔沙漠在什么地方？

雨　天

乌云很快地集拢在森林的黝黑的边缘上。

孩子，不要出去呀！

湖边的一行棕树，向暝暗的天空撞着头；羽毛零乱的乌鸦，静悄悄地栖在罗望子的枝上，河的东岸正被乌沉沉的暝色所侵袭。

我们的牛系在篱上，高声鸣叫。

孩子，在这里等着，等我先把牛牵进牛棚里去。

许多人都挤在池水泛溢的田间，捉那从泛溢的池中逃出来的鱼儿；雨水成了小河，流过狭弄，好像一个嬉笑的孩子从他妈妈那里跑开，故意要恼她一样。

听呀，有人在浅滩上喊船夫呢。

孩子，天色暝暗了，渡头的摆渡船已经停了。

天空好像是在滂沱的雨上快跑着；河里的水喧叫而且暴躁；妇人们早已拿着汲满了水的水罐，从恒河畔匆匆地回家了。

夜里用的灯，一定要预备好。

孩子，不要出去呀！

到市场去的大道已没有人走，到河边去的小路又很滑。风在竹林里咆哮着，挣扎着，好像一只落在网中的野兽。

《牛的习作》丨佛兰德斯丨鲁本斯

水　手

船夫曼特胡的船只停泊在拉琪根琪码头。

这只船无用地装载着黄麻，无所事事地停泊在那里已经好久了。

只要他肯把他的船借给我，我就给它安装一百只桨，扬起五个或六个或七个布帆来。

我决不把它驾驶到愚蠢的市场上去。

我将航行遍仙人世界里的七个大海和十三条河道。

但是，妈妈，你不要躲在角落里为我哭泣。

我不会像罗摩犍陀罗[1]似的，到森林中去，一去十四年才回来。

我将成为故事中的王子，把我的船装满了我所喜欢的东西。

我将带我的朋友阿细和我做伴，我们要快快乐乐地航行于仙人世界里的七个大海和十三条河道。

我将在绝早的晨光里张帆航行。

中午，你正在池塘里洗澡的时候，我们将在一个陌生的国王的国土上了。

我们将经过特浦尼浅滩，把特潘塔沙漠抛落在我们的后边。

当我们回来的时候，天色快黑了，我将告诉你我们所见到的一切。

我将越过仙人世界里的七个大海和十三条河道。

1　罗摩犍陀罗即罗摩，是印度叙事诗《罗摩衍那》中的主角。为了尊重父亲的诺言和维持弟兄间的友爱，他抛弃了继承王位的权利，和妻子悉多在森林中被放逐了十四年。

《风浪中的帆船》 | 荷兰 | 伦勃朗

对 岸

我渴想到河的对岸去。

在那边，好些船只一行儿系在竹竿上；

人们在早晨乘船渡过那边去，肩上扛着犁头，去耕耘他们的远处的田；

在那边，牧人使他们鸣叫着的牛游泳到河旁的牧场去；

黄昏的时候，他们都回家了，只留下豺狼在这满长着野草的岛上哀叫。

妈妈，如果你不在意，我长大的时候，要做这渡船的船夫。

据说有好些古怪的池塘藏在这个高岸之后。

雨过去了，一群一群的野鹜飞到那里去，茂盛的芦苇在岸边四围生长，水鸟在那里生蛋；

竹鸡带着跳舞的尾巴，将它们细小的足印印在洁净的软泥上；

黄昏的时候，长草顶着白花，邀月光在长草的波浪上浮游。

妈妈，如果你不在意，我长大的时候，要做这渡船的船夫。

《**水中树影**》| 俄国 | 阿列克谢·萨夫拉索夫

我要自此岸至彼岸，渡过来，渡过去，所有村中正在那儿沐浴的男孩女孩，都要诧异地望着我。

太阳升到中天，早晨变为正午了，我将跑到你那里去，说道："妈妈，我饿了！"

一天完了，影子俯伏在树底下，我便要在黄昏中回家来。

我将永不同爸爸那样，离开你到城里去做事。

妈妈，如果你不在意，我长大的时候，要做这渡船的船夫。

花的学校

当雷云在天上轰响，六月的阵雨落下的时候。

润湿的东风走过荒野，在竹林中吹着口笛。

于是一群一群的花从无人知道的地方突然跑出来，在绿草上狂欢地跳着舞。

妈妈，我真的觉得那群花朵是在地下的学校里上学。

他们关了门做功课，如果他们想在散学以前出来游戏，他们的老师是要罚他们站壁角的。

雨一来，他们便放假了。

树枝在林中互相碰触着，绿叶在狂风里萧萧地响着，雷云拍着大手，花孩子们便在那时候穿了紫的、黄的、白的衣裳，冲了出来。

你可知道，妈妈，他们的家是在天上，在星星所住的地方。

你没有看见他们怎样地急着要到那儿去么？你不知道他们为什么那样急急忙忙么？

我自然能够猜得出他们是对谁扬起双臂来：他们也有他们的妈妈，就像我有我自己的妈妈一样。

同 情

如果我只是一只小狗，而不是你的小孩，亲爱的妈妈，当我想吃你的盘里的东西时，你要向我说“不”么?

你要赶开我，对我说道：“滚开，你这淘气的小狗”么?

那么，走吧，妈妈，走吧！当你叫唤我的时候，我就永不到你那里去，也永不要你再喂我吃东西了。

如果我只是一只绿色的小鹦鹉，而不是你的小孩，亲爱的妈妈，你要把我紧紧地锁住，怕我飞走么?

你要对我摇你的手，说道：“怎样的一个不知感恩的贱鸟呀！整夜地尽在咬它的链子”么?

那么，走吧，妈妈，走吧！我要跑到树林里去；我就永不再让你抱我在你的臂里了。

《感恩》| 法国 | 布格罗

职　业

早晨，钟敲十下的时候，我沿着我们的小巷到学校去。

每天我都遇见那个小贩，他叫道："镯子呀，亮晶晶的镯子！"

他没有什么事情急着要做，他没有哪条街一定要走，他没有什么地方一定要去，他没有什么时间一定要回家。

我愿意我是一个小贩，在街上过日子，叫着："镯子呀，亮晶晶的镯子！"

下午四点，我从学校里回家。

从一家门口，我看得见一个园丁在那里掘地。

他用他的锄子，要怎么掘，便怎么掘，他被尘土污了衣裳。如果他被太阳晒黑了或是身上被打湿了，都没有人骂他。

我愿意我是一个园丁，在花园里掘地。谁也不来阻止我。

天色刚黑，妈妈就送我上床。

从开着的窗口，我看得见更夫走来走去。

小巷又黑又冷清，路灯立在那里，像一个头上生着一只红眼睛的巨人。

更夫摇着他的提灯，跟他身边的影子一起走着，他一生一次都没有上床去过。

我愿意我是一个更夫，整夜在街上走，提了灯去追逐影子。

《花园里的鸢尾花》丨日本丨安藤广重

长　者

妈妈，你的孩子真傻！她是那么可笑得不懂事！

她不知道路灯和星星的区别。

当我们玩着把小石子当食物的游戏时，她便以为它们真是吃的东西，竟想放进嘴里去。

当我翻开一本书，放在她面前，要她读a，b，c时，她却用手把书页撕了，无端快活地叫起来；你的孩子就是这样做功课的。

当我生气地对她摇头，骂她，说她顽皮时，她却哈哈大笑，以为很有趣。

谁都知道爸爸不在家。但是，如果我在游戏时高叫一声“爸爸”，她便要高兴地四面张望，以为爸爸真是近在身边。

当我把洗衣人带来的运载衣服回去的驴子当做学生，并且警告她说，我是老师时，她却无缘无故地乱叫起我哥哥来。

你的孩子要捉月亮。她是这样的可笑；她把格尼许[1]唤作琪奴许。

妈妈，你的孩子真傻，她是那么可笑得不懂事！

1　格尼许(Ganesh)是毁灭之神湿婆的儿子，象首人身。同时也是现代印度人所最喜欢用来做名字的第一个字。

小大人

我人很小，因为我是一个小孩子。到了我像爸爸一样年纪时，便要变大了。

我的先生要是走来说道："时候晚了，把你的石板，你的书拿来。"

我便要告诉他道："你不知道我已经同爸爸一样大了么？我决不再学什么功课了。"

我的老师便将惊异地说道，"他读书不读书可以随便，因为他是大人了。"

我将自己穿了衣裳，走到人群拥挤的市场里去。

我的叔叔要是跑过来说道："你要迷路了，我的孩子，让我领着你罢。"

我便要回答道："你没有看见么，叔叔，我已经同爸爸一样大了？我决定要独自一个人到市场里去。"

叔叔便将说道，"是的，他随便到哪里去都可以，因为他是大人了。"

当我正拿钱给我保姆时，妈妈便要从浴室中出来，因为我是

《倒牛奶的女仆》 | 荷兰 | 维米尔

知道怎样用我的钥匙去开银箱的。

妈妈要是说道："你在做什么呀，顽皮的孩子？"

我便要告诉她道："妈妈，你不知道我已经同爸爸一样大了么？我必须拿钱给保姆。"

妈妈便将自言自语道："他可以随便把钱给他所喜欢的人，因为他是大人了。"

当十月里放假的时候，爸爸将要回家，他会以为我还是一个小孩子，为我从城里带了小鞋子和小绸衫来。

我便要说道："爸爸，把这些东西给哥哥罢，因为我已经同你一样大了。"

爸爸便将想了一想，说道："他可以随便去买他自己穿的衣裳，因为他是大人了。"

著作家

你说爸爸写了许多书，但我却不懂得他所写的东西。

他整个黄昏读书给你听，但是你真懂得他的意思么？

妈妈，你给我们讲的故事，真是好听呀！我很奇怪，爸爸为什么不能写那样的书呢？

难道他从来没有从他自己的妈妈那里听见过巨人、神仙和公主的故事么？

还是已经完全忘记了？

他常常耽误了沐浴，你不得不走去叫他一百多次。

你总要等候着，把他的菜温着等他，但他忘了，还尽管写下去。

爸爸老是以著书为游戏。

如果我一走进爸爸房里去游戏，你就要走来叫道："真是一个顽皮的孩子！"

如果我稍微弄出一点声音，你就要说："你没有看见你爸爸正在工作么？"

老是写了又写，有什么趣味呢？

《持书的手》丨德国丨丢勒

当我拿起爸爸的钢笔或铅笔，像他一模一样地在他的书上写着，——a，b，c，d，e，f，g，h，i，——那时，你为什么跟我生气呢，妈妈？

爸爸写时，你却从来不说一句话。

当我爸爸耗费了那么一大堆纸时，妈妈，你似乎全不在乎。

但是，如果我只取了一张纸去做一只船，你却要说："孩子，你真讨厌！"

你对于爸爸拿黑点子涂满了纸的两面，污损了许多许多张纸，你心里以为怎样呢？

十二点钟

妈妈，我真想现在不做功课了。我整个早晨都在念书呢。

你说，现在还不过是十二点钟。假定不会晚过十二点罢；难道你不能把不过是十二点钟想象成下午么？

我能够容容易易地想象：现在太阳已经到了那片稻田的边缘上了，老态龙钟的渔婆正在池边采撷香草做她的晚餐。

我闭上了眼就能够想到，马塔尔树下的阴影是更深黑了，池塘里的水看来黑得发亮。

假如十二点钟能够在黑夜里来到，为什么黑夜不能在十二点钟的时候来到呢？

恶邮差

你为什么坐在那边地板上不言不动的，告诉我呀，亲爱的妈妈？

雨从开着的窗口打进来了，把你身上全打湿了，你却不管。

你听见钟已打四下了么？正是哥哥从学校里回家的时候了。

到底发生了什么事，你的神色这样不对？

你今天没有接到爸爸的信么？

我看见邮差在他的袋里带了许多信来，几乎镇里的每个人都分送到了。

只有爸爸的信，他留起来给他自己看。我确信这个邮差是个坏人。

但是不要因此不乐呀，亲爱的妈妈。

明天是邻村市集的日子。你叫女仆去买些笔和纸来。

我自己会写爸爸所写的一切信；使你找不出一点错处来。

我要从A字一直写到K字。

但是，妈妈，你为什么笑呢？

你不相信我能写得同爸爸一样好！

但是我将用心画格子，把所有的字母都写得又大又美。

当我写好了时，你以为我也像爸爸那样傻，把它投入可怕的邮差的袋中么？

我立刻就自己送来给你，而且一个字母、一个字母地帮助你读。

我知道那邮差是不肯把真正的好信送给你的。

英　雄

妈妈，让我们想象我们正在旅行，经过一个陌生而危险的国土。

你坐在一顶轿子里，我骑着一匹红马，在你旁边跑着。

是黄昏的时候，太阳已经下山了。约拉地希的荒地疲乏而灰暗地展开在我们面前，大地是凄凉而荒芜的。

你害怕了，想道——“我不知道我们到了什么地方了。”

我对你说道：“妈妈，不要害怕。”

草地上刺蓬蓬地长着针尖似的草，一条狭而崎岖的小道通过这块草地。

在这片广大的地面上看不见一只牛；它们已经回到它们村里的牛棚去了。

天色黑了下来，大地和天空都显得朦朦胧胧的，而我们不能说出我们正走向什么所在。

突然间，你叫我，悄悄地问我道：“靠近河岸的是什么火光呀？”

正在那个时候，一阵可怕的呐喊声爆发了，好些人影子向我们跑过来。

你蹲坐在你的轿子里，嘴里反复地祷念着神的名字。

轿夫们，怕得发抖，躲藏在荆棘丛中。

《合拢的手》 | 萨托尔

我向你喊道："不要害怕，妈妈，有我在这里。"

他们手里执着长棒，头发披散着，越走越近了。

我喊道："要当心！你们这些坏蛋！再向前走一步，你们就要送命了。"

他们又发出一阵可怕的呐喊声，向前冲过来。

你抓住我的手，说道："好孩子，看在上天面上，躲开他们罢。"

我说道："妈妈，你瞧我的。"

于是我刺策着我的马匹，猛奔过去，我的剑和盾彼此碰着作响。

这一场战斗是那么激烈，妈妈，如果你从轿子里看得见的话，你一定会发冷战的。

他们之中，许多人逃走了，还有好些人被砍杀了。

我知道你那时独自坐在那里，心里正在想着，你的孩子这时候一定已经死了。

但是我跑到你的跟前，浑身溅满了鲜血，说道："妈妈，现在战争已经结束了。"

你从轿子里走出来，吻着我，把我搂在你的心头，你自言自语地说道："如果我没有我的孩子护送我，我简直不知道怎么办才好。"

一千件无聊的事天天在发生，为什么这样一件事不能够偶然实现呢？

这很像一本书里的一个故事。

我的哥哥要说道："这是可能的事么？我老是在想，他是那么嫩弱呢！"

我们村里的人们都要惊讶地说道："这孩子正和他妈妈在一起，这不是很幸运么？"

告　别

是我走的时候了，妈妈，我走了。

当清寂的黎明，你在暗中伸出双臂，要抱你睡在床上的孩子时，我要说道，“孩子不在那里呀！”——妈妈，我走了。

我要变成一股清风抚摸着你；我要变成水的涟漪，当你沐浴时，把你吻了又吻。

大风之夜，当雨点在树叶中淅沥时，你在床上，会听见我的微语；当电光从开着的窗口闪进你的屋里时，我的笑声也偕了它一同闪进了。

如果你醒着躺在床上，想你的孩子到深夜，我便要从星空向你唱道：“睡呀！妈妈，睡呀。”

我要坐在各处游荡的月光上，偷偷地来到你的床上，乘你睡着时，躺在你的胸上。

我要变成一个梦儿，从你的眼皮的微缝中，钻到你睡眠的深处。当你醒来吃惊地四望时，我便如闪耀的萤火似的，熠熠地向暗中飞去了。

《**母亲与孩子**》丨法国丨布格罗

当普耶节日[1]，邻舍家的孩子们来屋里游玩时，我便要融化在笛声里，整日价在你心头震荡。

亲爱的阿姨带了普耶礼[2]来，问道："我们的孩子在哪里，姐姐？"妈妈，你将要柔声地告诉她："他呀，他现在是在我的瞳人里，他现在是在我的身体里，在我的灵魂里。"

1　普耶（Puja），意为"祭神大典"，这里的"普耶节"是指印度十月间的"难近母祭日"。

2　普耶礼就是指这个节日亲友相互馈送的礼物。

召　唤

她走的时候，夜间黑漆漆的，他们都睡了。

现在，夜间也是黑漆漆的，我唤她道："回来，我的宝贝。世界都在沉睡，当星星互相凝视的时候，你来一会儿是没有人会知道的。"

她走的时候，树木正在萌芽，春光刚刚来到。

现在花已盛开，我唤道："回来，我的宝贝。孩子们漫不经心地在游戏，把花聚在一起，又把它们散开。你如走来，拿一朵小花去，没有人会发觉的。"

常常在游戏的那些人，仍然还在那里游戏，生命总是如此地浪费。

我静听他们的空谈，便唤道："回来，我的宝贝。妈妈的心里充满着爱，你如果走来，仅仅从她那里接一个小小的吻，没有人会妒忌的。"

第一次的茉莉

呵，这些茉莉花，这些白的茉莉花！

我仿佛记得我第一次双手满捧着这些茉莉花，这些白的茉莉花的时候。

我喜爱那日光，那天空，那绿色的大地；

我听见那河水淙淙的流声，在黑漆的午夜里传过来；

秋天的夕阳，在荒原上大路转角处迎我，如新妇揭起她的面纱迎接她的爱人。

但我想起孩提时第一次捧在手里的白茉莉，心里充满着甜蜜的回忆。

我生平有过许多快活的日子，在节日宴会的晚上，我曾跟着说笑话的人大笑。

在灰暗的雨天的早晨，我吟哦过许多飘逸的诗篇。

我颈上戴过爱人手织的醉花的花圈，作为晚装。

但我想起孩提时第一次捧在手里的白茉莉，心里充满着甜蜜的回忆。

祝 福

祝福这个小心灵，这个洁白的灵魂，他为我们的大地，赢得了天的接吻。

他爱日光，他爱见他妈妈的脸。

他没有学会厌恶尘土而渴求黄金。

紧抱他在你的心里，并且祝福他。

他已来到这个歧路百出的大地上了。

我不知道他怎么从群众中选出你来，来到你的门前抓住你的手问路。

他笑着，谈着，跟着你走，心里没有一点儿疑惑。

不要辜负他的信任，引导他到正路，并且祝福他。

把你的手按在他的头上，祈求着：底下的波涛虽然险恶，然而从上面来的风，会鼓起他的船帆，送他到和平的港口的。

不要在忙碌中把他忘了，让他来到你的心里，并且祝福他。

榕 树

喂，你站在池边的蓬头的榕树，你可会忘记了那小小的孩子，就像那在你的枝上筑巢又离开了你的鸟儿似的孩子?

你不记得他怎样坐在窗内，诧异地望着你深入地下的纠缠的树根么?

妇人们常到池边，汲了满罐的水去，你的大黑影便在水面上摇动，好像睡着的人挣扎着要醒来似的。

日光在微波上跳舞，好像不停不息的小梭在织着金色的花毡。

两只鸭子挨着芦苇，在芦苇影子上游来游去，孩子静静地坐在那里想着。

他想做风，吹过你的萧萧的枝杈；想做你的影子，在水面上，随了日光而俱长；想做一只鸟儿，栖息在你的最高枝上；还想做那两只鸭，在芦苇与阴影中间游来游去。

我的歌

我的孩子，我这一支歌将扬起它的乐声围绕你的身旁，好像那爱情的热恋的手臂一样。

我这一支歌将触着你的前额，好像那祝福的接吻一样。

当你只是一个人的时候，它将坐在你的身旁，在你耳边微语着；当你在人群中的时候，它将围住你，使你超然物外。

我的歌将成为你的梦的翼翅，它将把你的心移送到不可知的岸边。

当黑夜覆盖在你路上的时候，它又将成为那照临在你头上的忠实的星光。

我的歌又将坐在你眼睛的瞳人里，将你的视线带入万物的心里。

当我的声音因死亡而沉寂时，我的歌仍将在我活泼泼的心中唱着。

赠　品

我要送些东西给你，我的孩子，因为我们同是漂泊在世界的溪流中的。

我们的生命将被分开，我们的爱也将被忘记。

但我却没有那样傻，希望能用我的赠品来买你的心。

你的生命正是青青，你的道路也长着呢，你一口气饮尽了我们带给你的爱，便回身离开我们跑了。

你有你的游戏，有你的游伴。如果你没有时间同我们在一起，如果你想不到我们，那有什么害处呢?

我们呢，自然的，在老年时，会有许多闲暇的时间，去计算那过去的日子，把我们手里永久失了的东西，在心里爱抚着。

河流唱着歌很快地流去，冲破所有的堤防。但是山峰却留在那里，忆念着，满怀依依之情。

《诱惑》丨法国丨布格罗

孩子天使

他们喧哗争斗，他们怀疑失望，他们辩论而没有结果。

我的孩子，让你的生命到他们当中去，如一线镇定而纯洁之光，使他们愉悦而沉默。

他们的贪心和妒忌是残忍的；他们的话，好像暗藏的刀，渴欲饮血。

我的孩子，去，去站在他们愤懑的心中，把你的和善的眼光落在它们上面，好像那傍晚的宽宏大量的和平，覆盖着日间的骚扰一样。

我的孩子，让他们望着你的脸，因此能够知道一切事物的意义；让他们爱你，因此他们能够相爱。

来，坐在无垠的胸膛上，我的孩子。朝阳出来时，开放而且昂起你的心，像一朵盛开的花；夕阳落下时，低下你的头，默默地做完这一天的礼拜。

《被打断的工作》 | 法国 | 布格罗

商　人

妈妈，让我们想象，你待在家里，我到异邦去旅行。

再想象，我的船已经装得满满的，在码头上等候启碇了。

现在，妈妈，好生想一想再告诉我，回来的时候我要带些什么给你。

妈妈，你要一堆一堆的黄金么？

在金河的两岸，田野里全是金色的稻实。

在林荫的路上，金色花也一朵一朵地落在地上。

我要为你把它们全都收拾起来，放在好几百个篮子里。

妈妈，你要秋天的雨点一般大的珍珠么？

我要渡海到珍珠岛的岸上去。

那个地方，在清晨的曙光里，珠子在草地的野花上颤动。珠子落在绿草上，珠子被汹狂的海浪一大把一大把地撒在沙滩上。

我的哥哥呢，我要送他一对有翼的马，会在云端飞翔的。

爸爸呢，我要带一支有魔力的笔给他，他还没有觉得，笔就写出字来了。

你呢，妈妈，我一定要把那个值七个王国的首饰箱和珠宝送给你。

最后的买卖

早晨，我在石铺的路上走时，我叫道："谁来雇用我呀。"

皇帝坐着马车，手里拿着剑走来。

他拉着我的手，说道："我要用权力来雇用你。"

但是他的权力算不了什么，他坐着马车走了。

正午炎热的时候，家家户户的门都闭着。

我沿着弯曲的小巷走去。

一个老人带着一袋金钱走出来。

他斟酌了一下，说道："我要用金钱来雇用你。"

他一个一个地数着他的钱，但我却转身离去了。

黄昏了。花园的篱上满开着花。

美人走出来，说道："我要用微笑来雇用你。"

她的微笑黯淡了，化成泪容了，她孤寂地回身走进黑暗里去。

太阳照耀在沙地上，海波任性地浪花四溅。

一个小孩坐在那里玩贝壳。

他抬起头来，好像认识我似的，说道："我雇你不用什么东西。"

从此以后，在这个小孩的游戏中做成的买卖，使我成了一个自由的人。

《女人肖像》 | 印度 | 泰戈尔

园丁集（选译）

2

“呵，诗人，黄昏近了；你的头发是变白了。

“你，在孤寂的沉思时，有听见那未来的消息么？”

诗人说道：“是黄昏了，我正在静听着，因为时候虽晚，村中也会有人在呼喊。

“我察看着，看有没有少年的漂泊的心相遇在一处，两对热望的眼，要求音乐以破他们的岑寂而为他们说话。

“如果我在生的岸上，熟思死和未来，那么有谁为他们编造热恋的歌呢？

“早出的夜星不见了。

“静悄悄的河边，一堆火葬的柴的火焰，渐渐地熄下去。

“豺狗成群地在缺月的光下，荒废之屋的天井里叫着。

“如果我闲了我的门，想要从人间的束缚里解放出来，那么，没有飘泊的人，离了家，来这里看这个夜，低头静听黑暗里的呻吟声，谁将在他的耳旁微语那生的秘密呢？

“我头发的变白是一件小事。

“我是永远地比这个村中的最小者还小，比这个村中的最老者还老的。

“有的人温和而天真地微笑着，有的人眼睛中有一种乖黠的光。

《天真的询问》 | 法国 | 布格罗

“有的人在光明处痛哭，有的人在暗地里把眼泪噙住。

“他们都是需求我的，我没有时间去深思那未来的生命。

“我是和每一个人在一个时代的，我头发白了，我头发白了，又有什么关系呢？”

3

早晨我把网抛入海中。

我从这深渊中牵引许多奇形异状的东西——有的如微笑地濯着，有的如泪珠的闪熠，有的如新娘双颊的红润。

当我把这天的心收获带回家时，我的爱正在花园里，懒懒地撕碎瓣。

我踟蹰了一会，然后把我所取的这些东西都放在她的足边，沉默地站着。

她凝视着这些东西，说道：“这些是什么奇怪东西，我不知道它们有什么用处！”

我羞得低了头，想道：“我之得到它们不是由战争，也不是在市场上买来的；它们不是赠给她的适当礼物。”

后来，我有这一夜，把这些东西一件一件地都抛到街上去。

到了早晨旅客们来了；他们把这些东西拾了起来。带到远地去了。

4

唉，我呀，他们为什么把我的房子建筑在到市场的大路旁呢？

他们把他们的货船停泊在我的树边。

他们任意地来去，漫游着。

我坐着看望他们，我的时间消磨过去了。

我不能把他们驱开。如此的我的日子过去了。

他们的足声日夜在我门边响着。

纵使我叫着“我不认识你死我活”，也无用处。

他们之中，有的是我手指所触知的，有的是我鼻子所嗅知的，我血管中的血液似乎认识他们，而有的却是我梦中所认识的。

我不能驱开他们。我呼唤他们道：“谁要到我家里的请来吧。是的来吧。”

在早晨，寺观里的钟声鸣着。

他们手执着篮子来了。

他们的足是如玫瑰的红。黎明的曙光正照在他们的脸上。

我不能驱开他们。我呼唤他们道：“请到我园里来采花。请到这里来。”

在正午，宫门的锣声响了。

我不知他们为什么不去做工作，却逗留在我的篱落旁。

插在他们发上的花已萎枯了，他们的笛声已微弱了。

我不能驱开他们。我呼唤他们道：“我的树荫下很凉爽。请来吧，朋友们。”

在夜间，林中的蟋蟀唧唧地鸣着。

徐徐到我门旁，轻轻地敲门的是谁呢？

我隐约在看他的脸，不知一句话，天空的静默到处环绕着。

我不能驱开我的沉默的客人。我从暗中凝望着他的脸，梦中的时间是过去了。

5

我是扰乱着。我是在渴求着辽远的东西。

我的灵魂跑出去，想触着朦胧的远方的边缘。

唉，伟大的前方，唉，你的笛的锐呼！

我忘记了，我竟是忘记了，我是没有飞翔的羽翼的，是永远地被束缚在这个地点的。

我是兴奋着，不能入眠，我是异地的一个客人。

你呼吸来到我这里，微语着逐步形成不可能的希望。

唉，远求者呵，唉，你的笛的锐呼呵！

我忘记了，我竟忘记了，我不知道路途，我没有那飞马。

我是疲淡了，我是一个在我心里飘泊的人。

在倦时的日光的霞雾中，你所现于蓝空中的形状是什么莫大的幻象呀！

唉，最远的边端，唉，你笛的锐呼！

我忘记了，我竟忘记了，我独居的房屋的门户都是关闭了的。

6

驯鸟在一个笼中，自由的鸟在森林中。

时候到了，它们便相遇了，这是命运所判定的。

自由的鸟叫道："呵，我的爱，让我们飞到林中去吧。"

笼鸟低语道："到这里来，让我们同住在笼中。"

自由的鸟叫道："在围栏之中，会有我们展翼的地位吗？"

笼鸟叫道："唉，我不知道在天空里有什么地方好站立。"

自由的鸟叫道："我的爱，请唱林地的歌。"

笼鸟说道："请坐在我身旁，我将教导你以我所学来的话。"

自由的鸟叫道："不，唉，不，歌是不能够教的。"

笼鸟说道："唉，我却不知道林地的歌。"

它们的爱是浓热的，但是它们不能够比翼而飞。

它们从笼的围栏中互望着，它们想互相知道而不能。

它们相恋地拍着双翼，唱道："靠近些，我的爱！"

自由的鸟叫道："不能够，我怕那笼的紧闭的门。"

笼鸟低语道："唉，我的双翼是无力，是死了。"

7

哦，母亲，少年王子是要经过我们的门口了，——我今晨怎么能够安心做事呢？

《笼子外的鸟儿》丨美国丨肯特

指示我要怎样梳辫起我的黑发；告诉我要把什么衣饰穿戴上。

你为什么惊奇地看着我，母亲？

我深知道他不曾向我窗口望一望的；我知道他经过此地时，不过眼光一瞥便要走过去了，仅仅的那夜的笛声从远处悲抑地传到我这里来。

但那少年王子是要经过我们的门口的，而我这时也是要把我最好的衣饰穿戴起来的。

哦，母亲，少年王子竟从我们的门口经过了，晨光映射得他的车发亮。

我把脸上的面网卸下了，我把颈上的红宝石圈除下来，抛在他走过的路中。

你为什么惊诧地看着我，母亲？

我深知道他是不会拾起我的宝石圈的；我知道这圈子被他的车轮所压碎而留下一缕红痕在尘土中，没有人知道我的礼物是什么，且没有人知道我的礼物是送给谁的。

但那少年王子已经过我们的门口了，我已从我胸中摘下宝石圈抛在他走过的路中了。

8

当我床边的灯熄了时，我和晨鸟同醒了。

我坐在洞开的窗口，戴着新鲜的花冠在我的散发上。

少年旅客在清晨的玫瑰的雾中沿着这条路走来。

他的颈上挂着一串珠链，日光正照在他的冠上。他在我门前停步了，热切地唤道："她在哪里？"

为了十分害羞，我不能说道："她就是我，少年的旅客呀，她就是我。"

是黄昏了，灯火还未点亮。

我正在懒懒地梳辫我的黑发。

少年旅客在夕阳的光照中坐了车来了。

他的马吐着沫，他的衣上有了灰尘。

他在我的门前下了车，倦声问道："她在哪里？"

为了十分害羞，我不能说道："她就是我，劳倦的旅客呀，她就是我。"

是一个四月的夜里，我房里的灯正亮着。

南方的微飔正轻轻地吹拂着。喧扰的鹦鹉在笼中睡着了。我的内衣是似孔雀喉毛的颜色，我的外衣是嫩草一般的绿。

我坐在窗旁的地板上，凝望着无人过往的街道。

从黑夜里，我不断地低语道："她就是我，久望的旅客呀，她就是我。"

9

当我夜里独自赴爱人的约会时，鸟不嘤鸣了，风也不吹拂了，街道两旁的房屋也静悄悄地站着。

这是我自己的足环，一步一步鸣响着，我是害羞呀。

当我坐在我的游廊里，静听他的足声，萧萧的树叶不响了。河中的水也静止着，如一个放在膝上而沉睡着的哨卒一般。

这是我自己的心突突地跳着——我不知怎样才能使我安静呀。

当我的爱人来了，坐在我的身旁，当我的身体发颤，我眼帘垂下时，夜已黑了，风把灯吹熄了，云也拉了帷幕把星遮蔽了。

这是我自己胸前的宝石照耀着发光呀。我不知道怎样把它遮隐起来。

10

放下你的工作吧，新娘。听呀，客人已经来了。

你不听见么，他正轻轻地在摇那紧固房门的链子。

看看你的足环不要响得太高，你去见他时足步也不要太快。

放下你的工作吧，新娘，客人已经在黄昏里走来了。

不，这不是鬼风，新娘，不要怕。

这是四月的夜的圆月；影儿淡淡地晒在天井里；顶上的天空是明朗。

如果你必须把面网带上，便带上了吧；如果你害怕，便带了灯到门口吧。

不，这不是鬼风，新娘，不要怕。

如果你害羞，便不要与他说话；当你去会他的时候，只站在门边吧。

如果他问你什么问题，如果你愿意，你便可默默地垂下你的眼睛。

当你手执着灯，领他进来时，不要让你的手镯叮当地响着。

如果你害怕，便不要和他说话。

你的工作还没有完么，新娘？听呀，客人已经来了。

牛棚里的灯你没有点么？

晚祷的祭篮你没有预备好么？

红色的吉记，你没有戴在辫发上么，晚装没有好么？

嘎，新娘，你听见了么，客人已经来了？

放下你的工作吧！

11

便是这样地走来吧；不要稽延在妆台边吧。

如果你的辫子松散了，如果你的发路不整齐，如果你的内衣的束带没有系紧，都不必在意。

便是这样地走来吧；不要稽延在妆台边吧。

来，用快步走过草地。

如果因为露水而你的足变成赭红色了，如果你足上的铃环松

《抗拒爱神的年轻女孩》| 法国 | 布格罗

弛了，如果你颈链上的明珠脱落了，都不必在意。

来，用快步走过草地。

你不看见云块正弥漫着天空么？

一群群的鹭鸶从对岸飞起，飙忽的狂风吹压野草。

惊扰的牛奔回村里他们的棚中。

你不看见云块正弥漫在天空么？

你点了梳妆的灯也无用，——它摇熠着，便被风吹熄了。

谁知道你的眼睑没有沾染了灯上的黑色？因为你的双眼比了雨云还要黑。

你点了梳妆的灯也无用，——它是熄灭了。

便是这样地走来吧；不要稽延在妆台边了。

如果花园没有纺织好，谁留意呢；如果腰带没有接扣上，也让它去吧。

天上是布满了云，——时候不早了。

便是这样地走来吧；不要稽延在妆台边了。

12

如果你忙着，要没汲满你的水瓶的水，请来，哦，到我的湖来。

湖水将拥抱着你的足，淙淙地讲它的秘密。

将来的雨的影子是在沙上，云低垂在树林的青痕上，浓发覆于你的眉上。

我听熟了你的足步的声调，他们是打在我的心上。

来，哦，来到我的湖，如果你须汲满你的水瓶。

如果你倦了，无精打采地坐着，要让你的水瓶浮泛在水上，请来，到我的湖来。

草坡是绿的，野花无计其数。

你的思想将飞出于你的黑暗，如鸟们之飞出于巢。

你的面网将落于你的足下。

来，哦，到我的湖来，如果你要懒洋洋地坐着。

如果你要离开了你的游戏而游泳于水中，请来，哦，到我的湖来。

让你的蓝衣放在湖岸；那绿水将抱遮了你，把你掩藏了。

湖波将立起足趾吻你的颈，且在你耳旁微语。

来，哦，来到我的湖，如果你要跳泳于水中。

如果你要发狂而自杀，请来，到我的湖来。

湖水清凉，而且是无底的深。

湖水是黑的，如一个无梦的睡眠一般。

在它的深处，夜与昼是一个，歌声是沉默着。

来，哦，到我的湖来，如果你要跳到你的死路。

13

我不要求什么，仅仅站在森林边一株树的后面。

晓光的眼上仍有些倦意，空中还有些露水。

湿草的缓懒的气味飘浮在地上的薄雾里。

在榕树底下，你正在用手榨取牛乳，你的手是温柔新洁如牛油一样。

我是静静地站着。

我没有说一句话。这是鸟隐在林中唱歌。

檬果树的花朵落在村路上，蜜蜂营营地一只一只飞来。

池旁的西华庙的大门开了，信徒已开始唱祷经了。

你把乳瓶放在膝上，正在榨取牛乳。

我执着我的空罐站着。

我并没有走近你。

天空跟了庙里的钟声而醒了。

路上的尘土从驾车的牛的蹄上飞扬起来。

妇人们从河边走来，捧在腰间的水瓶嘣嘣作响。

你的手镯叮当地响着，乳沫满到瓶口了。

早晨渐渐地过去了，我并没有走近你。

《水边的农家》丨荷兰丨伦勃朗

14

我在路上散步，我不知为什么，当正午已过，竹林的枝叶在风中萧萧作响之时。

俯倾出的阴影，带着他们的伸张出去的手臂，依附着匆逝的光明。

柯依尔歌唱得倦了。

我在路上散步，我不知为什么。

水边的草屋被一株挂于顶上的树荫蔽着。

有人在忙着做她的工，她的手镯在屋角如音乐似的响着。

我站在这所草屋前面，我不知为什么。

狭而弯曲的路，经过许多的菜田与许多的檬果树林。

这条路更经过村庙，经过立在河埠头的市场。

我停止在这所草屋之前，我不知为什么。

几年前微飔轻荡着的三月之一天，泉水吟唔得困倦了，檬果树的花朵落在尘土中。

涟涟的水跳跃着，冲打着立于埠头石阶的铜盘。

我思念着微飔轻荡的三月的这一天，我不知为什么。

黑影更深浓了，牛群回到他们的宿栏。

光线暗淡地照在静寂的草场，村人站在河岸上待渡。

我缓缓地归来，我不知为什么。

16

手贴附着手，眼稽延地盾着眼；如此开始了我们的心的记录。

这是三月间月明之夜；希那花的香气飘泛在空中；我的笛放在地上不去理会它，你的花圈也还没有完工。

你与我间的这段爱是如一首歌的简朴。

你的橙黄色的面网使我的眼醉了。

你给带上的茉莉花圈如赞语般的颤震我的心。

这是一种欲给又吝，欲现又隐的游戏；带些微笑，又带些小小的愚气，又带些温柔而无用的争竞。

你与我间这段爱是如一首歌般的简朴。

现之外无神秘；不可能的也不强求；愉乐之后也无阴影；也不索摸于黑暗的深处。

你与我间的这段爱是如一首歌般的简朴。

我们不把所有的话插入沉默之中；我们不扬起我们的手向虚空中求希望之外的东西。

我们给的什么，我们得的什么，已是够了。

我们不压迫快乐至极度，免得榨出痛苦的酒来。

你与我间的这段爱，是如一首歌般的简朴。

《牧草地里的爱巢》|1835 年石版画 | 列・普阿杰文

17

黄鸟在他们树上歌唱，使我的心快乐地跳舞着。

我们俩住在一个村里，这是我们的快乐之一。

她的一对小羊，跑到我们的花园的林荫下面来吃草。

如果他们跑进了我们的麦田里，我便把他抱起在我的臂里。

我们的村的名字是甘酌那，我们的河流的名字是安酌那。

我的名字全村的人都知道，她的名字是兰琪娜。

我们中间只隔了一片田地。

巢于我们树林里的蜜蜂，到他们的树林里去寻蜜。

花朵从他们的水埠的阶上落下的，当我们沐浴时，顺着川流飘泛来。

一篮一篮的干的柯辛花从他们的田里采来的，带到我们的市场里去卖。

我们的村的名字是甘酌那，我们的河流的名字是安酌那。

我的名字全村的人都知道，她的名字是兰琪娜。

曲道通到他们家里的，春天的时候，飘散着橡果花的芳香。

当他们的胡麻成熟时，我们田里的苎麻正在开花。

明星向着他们的村舍微笑的，对我们送下同样的闪灿的容色。

雨水泛滥在他们的水槽里的，使我们的迦檀树快乐。

我们的村的名字是甘酌那，我们的河流是安酌那。

我的名字全村的人都知道，她的名字是兰琪娜。

18

当那两姊妹去汲水的时候，她们走到这个地方，她们便微笑着。

她们必定已觉得有人站在树后，每当她们出去汲水的时候。

当那两姊妹经过这个地方时，她们俩便互微语着。

她们必定已猜出那个每当她们出去汲水便站在那树后的人的秘密。

当她们走到这个地方时，她们的水罐突然欹侧了，水溢了些出来。

她们必定已找出那个每当她们出去汲水便站在树后的人的心房在跳动。

当那两姊妹走到这个地方，她们互相看着，脸上微笑着。

在她们急速的退步中，有一种笑声，使那个每当她们出去汲水便站在树后的人心里纷乱着。

19

你走过河沿的小路，腰间捧着满满的一罐水。

为什么你疾转你的脸而从你的飘拂的面网里窥望着我呢？

那样的耀亮的眼光从黑暗里送到我的身上，正如一阵微飔送了一个波动，经涟漪的水面而冲扫到林荫的河岸旁来。

那样的一个眼光送到我那里来，正如傍晚的鸟急急地飞过无灯的房间，从一个开着的窗口，飞出别一个窗口中，在黑夜里不见了。

你是隐藏着如那隐于山后的一颗明星，我是一个走过路上的行人。

但你为什么停步了一下，从你的面网里凝看着我的脸，当你走过河沿的小路，腰间捧着满满的一罐水之时？

28

你的双眼忧郁而充满疑问。他们想要知道我的心意，如明月之欲探测碧海。

我把我的生命完完全全地赤裸裸地放在你的眼前，什么事也不曾隐藏着。那便是你不明白我的原因。

如果它仅仅是一粒宝石，我便能把它碎作百片，穿成一串链子挂在你的颈上了。

如果它仅仅是一朵圆而清香的小花，我也能把它从枝头撷下，戴在你的发上了。

但它却是一颗心呀，我的爱。哪里是它的岸，它的底呢？

你不知道这个王国的疆界，但你却是它的女皇。

如果它能有一刻快乐的时间，它便要在和易的微笑里开了花，而你也能看见它，能读出它来了。

如果它仅仅是一个痛苦，它也能隔在几滴清泪里，沉默地反映出它的内在秘密了。

但它却是爱情呀，我的爱。
它的快乐与痛苦是无边的，它的需要与资产是无穷的。
它如你的生命之近于你，但你却永不能全然明白它。

34

我的爱，没有向我告别，请不要走。
我已经守了一个通夜，现在我的双眼是沉沉欲睡了。
我怕当我睡时便要不见了你。
我的爱，没有向我告别，请不要走。

我跳起来伸手触着你。我自问道："是一个梦么？"
我只能用我的心把你的足绊着，紧紧地抱在我的胸前！
我的爱，没有向我告别，请不要走。

35

你恐怕我太容易知道你，所以便同我游戏着。
你以笑语的光耀盲我的眼睛，而把你的眼泪藏去了。
我知道，我知道你的伎俩。
你是永不肯说你所要说的话的。

你恐怕我不称赞你；你便以千种的方法逃避我。
你恐怕我把你混在群众里了，所以便站立在一旁。

我知道，我知道你的伎俩。

你是永不走你所要走的路的。

你的要求是比别人大的，那就是你沉默不言的缘故。

你游戏地不注意地把我的赠品退出。

我知道，我知道你的伎俩。

你是永不取你所要取的东西的。

38

我的爱，有一个时候你的诗人会在他心里创作一篇大史诗。

唉，我不小心，它撞响了你的叮叮的脚镯，遂生忧愁。

它碎成了一条条的歌，散躺在你的足下。

所有我以前的战争的故事之重傤是为笑波所飘荡，为泪水所浸湿沉下了。

你必须使这个损失有益于我，我的爱。

如果我身后不朽之名的要求已碎失了，那么使我在生前不朽吧。

而我将不再悲我的损失；也不会责备你了。

40

当我向你告别时，你眼上闪着不信的微笑。

我常常向你告别，竟使你以为我不久即可归来。

告诉你真话吧，我在心上也有同样的疑惑。

因为春天一年一年地回来；明月一度一度地重圆，花朵一岁一岁地再开在枝上，于我似乎我的告别，也只是为了要重来。

但把幻想留住一会儿吧；不要残酷地匆匆地把它送开去了。

当我说，我要永久离开你了，你且当它是真的，让泪的雾有一瞬儿使你的眼边变得深黑。

然后，当我再回来时，你且尽量地狡猾地笑着吧。

46

你弃了我，自己去了。

我想我应该为你悲伤，把你的孤寂的影像放在我的心里，织在一首金的歌里。

但是，唉，我真不幸，时间是太短促了。

青春一年一年地消磨了，春天是逃走了，脆弱的花是无谓地凋谢了，聪明的人警告我说，人生不过是荷叶上的一滴露水。

难道我不管这一切，而只注视那以她的背向我的人么？

那是很鲁笨的，因为时间是短促的。

那么，来吧，我的夜雨，拖着滴沥的足来吧；微笑吧，我的金色的秋天；来吧，快活的四月，散播你的吻在四面吧。

你来，你，你也来。

我的爱，你知道我们是凡人。为了把她的心拿走的人而碎心，这算是聪明么？因为时间是短促的。

那很甜蜜的，坐在屋隅沉思着，在诗里写道，你就是我的全世界。

那是很勇敢的，把自己的忧思抱住，而决计不受安慰。

但是有一张新鲜的脸，向我门口窥着，它抬眼望着我的眼。

我不得不抹去了我的眼泪，改换了我的诗歌的调子。

因为时间是短促的。

《抽象画》 | 泰戈尔

采果集（选译）

2

我少年时候的生命如同一朵花一般——当春天的微飔来乞于她的门上时，一朵花从她的丰富里失去一两瓣花片也并不觉得损失。

现在少年的光阴过去了，我的生命如同一个果子一般，没有什么东西耗费了，只等着完完全全地带着她的充实甜美的负担，贡献她自己。

4

我醒过来，于晨光中找到他的信。

我不知道它里面说的是什么，因为我不会读它。

让那聪明人一个人读他的书吧，我不去惊扰他。因为谁知道他能不能读信中所说的话呢！

让我把它擎在我的前额，把它印在我的心里。

当夜天渐渐地静默了，群星一个一个出来的时候，我要把它展开，摆在我膝上，静悄悄地坐着。

沙沙的林叶要高声对我读它，潺潺的溪流要曼吟它，七颗聪明的星也要从天上对我歌唱它。

我不能找到我所要找的，我不能知道我所学的；但是，这封不能读的信却减轻了我的担负，却使我的思想转而为歌。

15

你的话是简单的，我的主人，但却不是谈论你的那些人的话。

我懂得你的群星的语言，懂得你的树林的静默。

我知道我的心开放起来如一朵花；我知道我的生命自己充满着，如一条伏泉。

你的歌，如同从寂寞的雪地飞来的鸟一般，飞来在我的心里筑巢。在四月温热的时候，我满足地等待这个快乐季候的来临。

23

诗人的心于风与水的声音中间，在生命之波上浮游而且跳舞。

现在太阳西下了，黑暗的天空降落在海面，如垂下的睫毛落在倦眼上一样。这是他把笔搁下，在这沉默的永久秘密当中，使他的思想沉入深渊之底的时候了。

24

夜间黑漆漆的，你的微睡深沉在我身的安慰里。

醒吧，喂，爱情的痛苦，因为我不知道怎么样去开那扇门，我只好站在门外。

时间等着，群星守着，风静止着，沉默很沉重地压在我心里。

醒吧，爱情，醒吧！倒满我的空杯，用歌的呼吸激扰夜间吧。

《牧神潘和普赛克》 | 英国 | 伯恩·琼斯

25

晨雀唱着歌。

在晨光未露之前，在如毒龙之夜还把天空握在他的冷黑圈子里的时候，他什么时候有早晨的语言呢？

告诉我，晨雀呀，由天与树叶盖成的两重夜里，东方的使者他怎么才会找到他的路来到你的梦中？

当你叫道“太阳正在走来，夜要过去了”时，世界是不会相信你的。

喂，睡着的人，醒醒吧！

显露你的前额，等着光的第一次祝福，在快乐的忠实里，与晨雀一块唱歌吧。

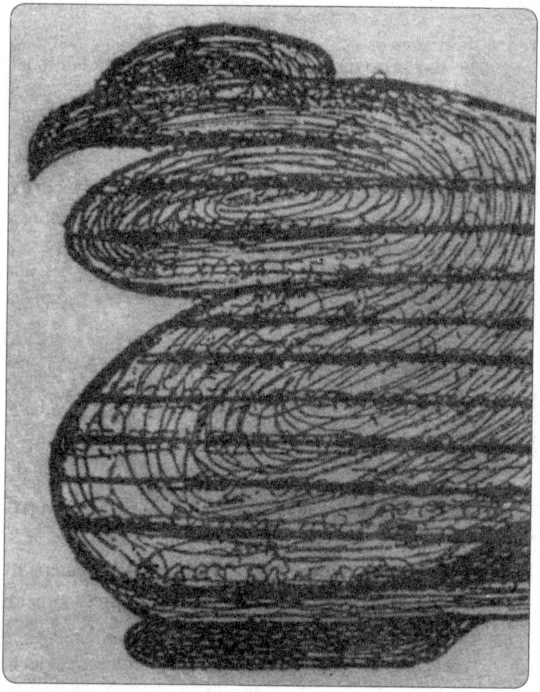

《抽象画》| 泰戈尔

附：郑振铎散文五篇

海　燕

乌黑的一身羽毛，光滑漂亮，积伶积伶，加上一双剪刀似的尾巴，一对劲俊轻快的翅膀，凑成了那样可爱的活泼的一只小燕子。当春间二三月，轻飔微微地吹拂着，如毛的细雨无因地由天上洒落着，千条万条的柔柳，齐舒了它们的黄绿的眼，红的白的黄的花，绿的草，绿的树叶，皆如赶赴市集者似的奔聚而来，形成了烂漫无比的春天时，那些小燕子，那么伶俐可爱的小燕子，便也由南方飞来，加入了这个隽妙无比的春景的画图中，为春光平添了许多的生趣。小燕子带了它的双剪似的尾，在微风细雨中，或在阳光满地时，斜飞于旷亮无比的天空之上，唧的一声，已由这里稻田上，飞到了那边的高柳之下了。再几只却隽逸地在粼粼如縠纹的湖面横掠着，小燕子的剪尾或翼尖，偶沾了水面一下，那个圆晕便一圈一圈地荡漾了开去。那边还有飞倦了的几对，闲散地憩息于纤细的电线上，——嫩蓝的春天，几支木杆，几痕细线连于杆与杆间，线上是停着几个粗而有致的小黑点，那便是燕子，是多么有趣的一幅图画呀！还有一家家的快乐家庭，他们还特为我们的小燕子备了一个两个小巢，放在厅梁的最高处，假如这家有了一个匾额，那匾后便是小燕子最好的安巢之所。第一年，小燕子来住了，第二年，我们的小燕子，就是去年的一对，它们还要来往。

“燕子归来寻旧垒。”还是去年的主，还是去年的宾，他们的宾主间是如何得融融泄泄呀！偶然的有几家，小燕子却不来光顾，那便很使主人忧戚。他们邀召不到那么隽逸的嘉宾，每以为自己的运命蹇劣呢。

这便是我们故乡的小燕子，可爱的活泼的小燕子，曾使几多的孩子们欢呼着，注意着，沉醉着；曾使几多的农人们、市民们忧戚着，或抒怀地指点着，且曾平添了几多的春色，几多的生趣于我们的春天的小燕子！

如今，离家是几千里，离国是几千里，托身于浮宅之上，奔驰于万顷海涛之间，不料却见着我们的小燕子。

这小燕子，便是我们故乡的那一对、两对么？便是我们今春在故乡所见的那一对、两对么？

见了它们，游子们能不引起了，至少是轻烟似的，一缕两缕的乡愁么？

海水是皎洁无比的蔚蓝色，海波是平稳得如春晨的西湖一样，偶有微风，只吹起了绝细绝细的千万个粼粼的小皱纹，这更使照晒于初夏之太阳光之下的、金光灿烂的水面显得温秀可喜。我没有见过那么美的大海！天上也是皎洁无比的蔚蓝色，只有几片薄纱似的轻云，平贴于空中，就如一个女郎，穿了绝美的蓝色夏衣，而颈间却围绕着一段绝细绝轻的白纱巾。我没有见过那么美的天空！我们倚在青色的船栏上，默默地望着这绝美的海天；我们一点杂念也没有，我们是被沉醉了，我们是被带入晶天中了。

就在这时，我们的小燕子，二只，三只，四只，在海上出现了。它们仍是隽逸地从容地在海面上斜掠着，如在小湖面上一样；海水被它的似剪的尾与翼尖一打，也仍是连漾了好几圈圆晕。小小的燕子，浩莽的大海，飞着飞着。不会觉得倦么？不会遇着暴风疾雨么？我们真替它们担心呢！

小燕子却从容地憩着了。它们展开了双翼，身子一落，落在海面上了，双翼如浮圈似的支持着体重，活是一只乌黑的小水禽，在随波上下地浮着，又安闲，又舒适。海是它们那么安好的家，我们真是想不到。

在故乡，我们还会想象得到我们的小燕子是这样的一个海上英雄么？

海水仍是平贴无波，许多绝小绝小的海鱼，为我们的船所惊动，群向远处窜去；随了它们飞蹿着，水面起了一条条的长痕，正如我们当孩子时之用瓦片打水漂在水面所起的长痕。这小鱼是我们小燕子的粮食么？

小燕子在海面上斜掠着，浮憩着。它们果是我们故乡的小燕子么？

啊，乡愁呀，如轻烟似的乡愁呀。

蝉与纺织娘

你如果有福气独自坐在窗内，静悄悄的没一个人来打扰你，一点钟，两点钟地过去，嘴里衔着一支烟，躺在沙发上慢慢地喷着烟云，看它一白圈一白圈地升上，那么在这静境之内，你便可以听到那墙角阶前的鸣虫的奏乐。

那鸣虫的作响，真不是凡响；如果你曾听见过曼社令的低奏，你曾听见过一支洞箫在月下湖上独吹着；你曾听见过红楼的重幔中透漏出的弦管声；你曾听见过流水淙淙地由溪石间流过，或你曾倚在山阁上听着飒飒的轻风在足下拂过，那么，你便可以把那如何清幽的鸣虫之叫声想象到一二了。

虫之乐队，因季候的关系而颇有不同，夏天与秋令的虫声，便是截然的两样。蝉之声是高旷的，享乐的，带着自己满足之意的；它高高地栖在梧桐树或竹枝上，迎风而唱，那是生之歌，生之盛年之歌，那是结婚曲，那是中世纪武士美人的大宴时的行吟诗人之歌。无论听了那叽……叽……的曼长声，或叽格……叽格……的较短声，都可同样地受到一种轻快的美感。秋虫的鸣声最复杂。但无论纺织娘的咕嘎，蟋蟀的唧唧，金铃子之叮令，还有无数无数不可名状的秋虫之鸣声，其音调之凄抑却都是一样的；它们唱的是秋之歌，是暮年之歌，是薤露之曲。它们的歌声，是如秋风之扫落叶，怨妇之奏琵琶，孤峭而幽奇，清远而凄迷，低徊而愁肠百结。你如果是一个孤客，独宿于荒郊逆旅，一盏荧荧的油灯，对着一张板床，一张木桌，一二张硬板凳，再一听见四壁唧唧知知的虫声间作，那你今夜便不用再想稳稳地安睡了，什么愁情、乡思，以及人生之悲感，都会一串一串地从根儿勾引出来，在你心上翻来覆去，如白老鼠在戏笼中走轮盘一般，一上去便不用想下来憩息。如果你不是一个客人，你有家庭，你有很好的太太，你并没有什么闲愁胡思，那么，在你太太已睡之后，你想在书房中静静地写些东西时，这唧唧的秋虫之声却也会无端地窜入你的心里，翻掘起你向不曾有过的一种凄感呢。如果那一夜是一个月夜，天井里统是银白色，枯秃的树影，一根一条很清朗地印在地上，那么你的感触将更深了。那也许就是所谓悲秋。

秋虫之声，大都在蝉之夏曲已告终之后出现，那正与气候之寒暖相应。但我却有一次奇异的经验：在无数的纺织娘之鸣声来了之后，却又听得满耳的蝉声。我想我们的读者中有这种经验的人是必不多的。

我在山中，每天听见的只有蝉声，鸟声还比不上。那天气是很热，即在山上，也觉得并不凉爽。正午的时候，躺在廊前的藤榻上，要求一点的凉风，却见满山的竹树梢头，一动也不动，看看足底下的花草，也都静静地站着，如老僧入了定似的。风扇之类既得不到，只好不断地用手巾来拭汗，不断地在摇挥那纸扇了。在这时候，往往有几缕蝉声在槛外鸣奏着。闭了目，静静地听了它们在忽高忽低，忽断忽续，此唱彼和，仿佛是一大阵绝清幽的乐阵在那里奏着绝清幽的曲子，炎热似乎也减少了，然后，

《花草》丨德国丨丢勒

朦胧地朦胧地睡去了，什么都不觉得。良久，良久，清梦醒来时，却又是满耳的蝉声。山中的蝉真多！绝早的清晨，老妈子们和小孩子们常去抱着竹竿乱摇一阵，而一只二只的蝉便要跟随了朝露而落到地上了。每一个早晨，在我们滴翠轩的左近，至少是百只以上之蝉是这样地被捉。但蝉声却并不减少。

常常的，一只蝉两只蝉，叽的一声，飞入房内，如平时我们所见的青油虫及灯蛾之飞入一样。这也是必定被人所捉的。有一天，见有什么东西在槛外倒水的铅斗中咯笃咯笃地作响，俯身到槛外一看，却又是一只蝉。这当然又是一个俘虏了。还有好几次，在山脊上走时，忽见矮林丛中有什么东两在动，拨开林丛一看，却也是一只蝉。它是被竹枝竹叶挡阻住了不能飞去。我把它拾在手中。同行的心南先生说："这有什么稀奇，放走了它吧。要多少还怕没有！"我便顺手把它向风中一送，它悠悠扬扬地飞去很远很远，渐渐地不见了。我想不到这只蝉就是刚才在地上拾了来的那一只！

初到时，颇想把它们捉几个寄到上海去送送人。有一次，便托了老妈子去捉。她在第二天一早，果然捉了五六只来放在一个大香烟纸盒中，不料给依真一见，她却吵着，带强迫地要去。我又托那个老妈子去捉。第二天，又捉了四五只来。依真的纸盒中却只剩下两只活的，其余的都死了。到了晚上，我的几只，也死了一半。因此，寄到上海的计划遂根本地打消了。从此以后，便也不再托人去捉，自己偶然捉来的，也都随手地放去了，那样不经久的东西，留下了它干什么用！不过孩子们却还热心地去捉。依真每天要捉至少三只以上用细绳子缚在铁杆上。有一次，曾有一只蝉居然带了红绳子逃去了；很长的一根红绳子，拖在后面，在风中飘荡着，很有趣味。

半个月过去了，有的时候，似乎蝉声略少，第二天却又多了起来。虽然是叽……叽地不息地鸣着，却并不觉喧扰；所以大家都不讨厌它们。我却特别地爱听它们的歌唱，那样的高旷清远的调子，在什么音乐会中可以听得到！所以我每以蝉声将绝为虑，时时地干涉孩子们的捕捉。

到了一夜，狂风大作，雨点如从水龙头上喷出似的，向槛内廊上倾倒。第二天还不放晴。再过一天，晴了，天气却很凉，蝉声乃不再听见了！全山上在鸣唱着的却换了一种咭嘎……咭嘎……的急促而凄楚的调子，那是纺织娘。

“秋天到了。”我这样地说着，颇动了归心。

再一天，纺织娘还是咭嘎咭嘎地唱着。

然而，第三天早晨，当太阳晒得满山时，蝉声却又听见了！且很不少。我初听不信；叽……叽……叽格……叽格……那确是蝉声！纺织娘之声却又潜踪了。

蝉回来了，跟它回来的是炎夏。从箱中取出的棉衣又复入箱中。下山之计遂又打消了。

谁曾于听了纺织娘歌声之后再听见蝉的夏曲呢？这是我的一个有趣的经验。

鹈鹕与鱼

夕阳的柔红光，照在周围十余里的一个湖泽上，没有什么风，湖面绿油油的像一面镜似的平滑。一望无垠的稻田。垂柳松杉，到处点缀着安静的景物。有几只渔舟，在湖上碇泊着。渔人安闲地坐在舵尾，悠然地在吸着板烟。船头上站着一排士兵似的鹈鹕，灰黑色的，喉下有一大囊鼓突出来。渔人不知怎样地发了一个命令，这些水鸟们便都扑扑地钻没入水面以下去了。

湖面被冲荡成一圈圈的粼粼小波。夕阳光跟随着这些小波浪在跳跃。

鹈鹕们陆续地钻出水来，上了船。渔人忙着把鹈鹕们囊里吞装着的鱼，一只只地用手捏压出来。

鹈鹕们睁着眼望着。

平野上炊烟四起，袅袅地升上晚天。

渔人拣着若干尾小鱼，逐一地抛给鹈鹕们吃，一口便咽了下去。

提起了桨，渔人划着小舟归去。湖面上刺着一条水痕。鹈鹕们士兵似的齐整地站立在船头。

天色逐渐暗了下去。湖面上又平静如恒。

这是一幅很静美的画面，富于诗意，诗人和画家都要想捉住的题材。

但隐藏在这静美的画面之下的，却是一个残酷可怖的争斗，生与死的争斗。

在湖水里生活着的大鱼小鱼们看来，渔人和鹈鹕们都是敌人，都是蹂躏它们，致它们于死的敌人。

但在鹈鹕们看来。究竟有什么感想呢?

鹈鹕们为渔人所喂养，发挥着它们捕捉鱼儿的天性，为渔人干着这种可怖的杀鱼的事业。它们自己所得的却是那么微小的酬报!

当它们兴高采烈地钻入水面以下时，它们只知道捕捉，吞食，越多越好。它们曾经想到过：钻出水面，上了船头时，他们所捕捉、所吞食的鱼儿们依然要给渔人所逐一捏压出来，自己丝毫不能享用的么?

它们要是想到过，只是作为渔人的捕鱼的工具，而自己不能享用时，恐怕它们便不会那么兴高采烈地在捕捉、在吞食罢。

渔人却悠然地坐在船梢，安闲地抽着板烟，等待着鹈鹕们为他捕捉鱼儿。一切的摆布，结果，都是他事前所预计着的。难道是“运命”在播弄着的么，渔人总是在“收着渔人之利”的；鹈鹕们天生地要为渔人而捕捉、吞食的鱼儿；鱼儿们呢，仿佛只有被捕捉、被吞食的份儿，不管享用的是鹈鹕们或是渔人。

在人间，在沦陷区里，也正演奏着鹈鹕们的“为他人作嫁衣裳”的把戏。

当上海在暮影笼罩下，蝙蝠们开始在乱飞，狐兔们渐渐地由洞穴里爬了出来时，敌人的特工人员(后来是“七十六号”里的东西)，便像夏天的臭虫似的，从板缝里钻出来找“血”喝。

《**鱼**》丨英国丨弗兰西斯·霍奇金斯

他们先拣肥的、有油的、多血的人来吮、来咬、来吃。手法很简单：捉了去，先是敲打一顿，乱踢一顿，——掌颊更是极平常的事——或者吊打一顿，然后对方的家属托人出来说情，破费了若干千万，喂得他们满意了，然后才有被释放的可能。其间也有清寒的志士们只好挺身牺牲，但不花钱的人恐怕很少。

某君为了私事从香港到上海来，被他们捕捉住，作为重庆的间谍看待。囚禁了好久才放了出来。他对我说：先要用皮鞭抽打，那尖长的鞭梢，内里藏的是钢丝，抽一下，便深陷在肉里，抽了开去时，留下的是一条鲜血痕。稍不小心，便得受一掌、一拳、一脚。说时，他拉开裤脚管给我看，大腿上一大块伤痕，那是敌人用皮靴狠踢的结果。他不说明如何得释，但恐怕不会是很容易的。

那些敌人的爪牙们，把志士们乃至无数无辜的老百姓们捕捉着，吞食着。且偷、且骗、且抢、且夺的，把他们的血吮着、吸着、喝着。

爪牙们被喂得饱饱的，肥头肥脑的，享受着有生以来未曾享受过的“好福好禄”。所有出没于灯红酒绿的场所，坐着汽车疾驰过街的，大都是这些东西。

有一个坏蛋中最坏的东西，名为吴世宝的，出身于保镖或汽车夫之流，从不名一钱的一个街头无赖，不到几时，洋房有了，而且不止一所；汽车有了，而且也不止一辆；美妾也有了，而且也不止一个。有一个传说，说他的洗澡盆是用银子打成的，金子熔铸的食具以及其他用具，不知有多少。

他享受着较桀纣还要舒适奢靡的生活。

金子和其他的财货一天天地多了，更多了，堆积得恐怕连他自己也不知其数。都是从无辜无告的人那里榨取偷夺而来的。

怨毒之气一天天地深，有无数的流言怪语在传播着。

群众们侧目而视，重足而立；吴世宝这三个字，成为最恐怖的“毒物”的代名词。

他的主人(敌人)觉察到民怨沸腾到无可压制的时候，便一举手的把他逮捕了，送到监狱里去。他的财产一件件地被吐了出来——不知到底吐了多少。等到敌人，他的主人觉得满意了，而且说情的人也渐渐多了，才把他释放出来。但在临释的时候，却嗾使猘狗咬断了他的咽喉。他被护送到苏州养伤，在受尽了痛苦之后，方才死去。

这是一个最可怖的鹈鹕的下场。

敌人博得了“惩”恶的好名，平息了一部分无知的民众的怨毒的怒火，同时却获得了吴世宝积恶所得的无数掳获物，不必自己去搜括。

这样的效法喂养鹈鹕的渔人的办法，最为恶毒不过。安享着无数的资产，自己却不必动一手，举一足。

鹈鹕们一个个地上场，一个个地下台。一时意气昂昂，一时却又垂头丧气。

然而没有一个狐兔或臭虫视此为前车之鉴的。他们依然的在搜括、在捕捉、在吞食，不是为了他们自己，却是为了他们的主人。

他们和鹈鹕们同样的没有头脑，没有灵魂，没有思想。他们一个个走上了同样的没落的路，陷落在同一的悲惨的命运里。然而一个个却都踊跃地向坟墓走去，不徘徊，不停步，也不回头。

苦鸦子

乌鸦是那么黑丑的鸟，一到傍晚，便成群结队地飞于空中，或三两只栖于树下，“苦呀！苦呀”地叫着，更使人起了一种厌恶的情绪。虽然中国许多抒情诗的文句，每每地把鸦美化了，如“寒鸦数点”、“暮鸦栖未定”之类，读来未尝不觉其美，等到一听见其声，思想的美感却完全消失了，心上所有的只是厌恶。

在山中也与在城市中一样，免不了鸦的打扰。太阳的淡金色光线，弱了，柔和了，暮霞渐渐地朦胧得如轻纱似的幔罩于岗峦之腰，田野之上，西方是血红的一个大圆盘悬在地平上，四边是金彩斑斓的云霞，点染在半天；工作之后，躺在藤塌上，有意无意地领略着这晚霞天气的图画。经过了这样静谧的生活的，准保他一辈子不会忘了，至少是要在城市的狭室中不时想起的。不幸这恬静可爱的山中的黄昏，却往往为苦呀苦呀的鸦声所乱。

有一天，晚餐吃得特别得早；几个老婆子趁着太阳光未下山，把厨房中盆碗等物都收拾好了，便也上楼靠在红栏杆上闲谈。

“苦呀，苦呀！”几只乌鸦栖在对面一株大树上，正朝着我们此唱彼和地歌叫着。

“苦鸦子！我们乡下人总说她是嫂嫂变的。”汤妈说。

汤妈接着道：“我们那里也有这话。婆婆很凶，姑娘又会挑嘴，弄得嫂嫂常常受婆婆的气，还常常地打她，男人又一年间没有几时在家。有一次，她把米饭从后门给了些叫花的；她姑娘看见了，马上去告诉她的娘。还挑拨地说：‘嫂嫂常常把饭给人家。’于是婆婆生了大气，用后门的门闩没头没脑地打了她一顿，她浑身是伤。气不过，就去投河。却为邻居看见了救起，把她湿淋淋地送回家。她婆婆、姑娘还骂她假死吓诈人。当夜，她又用衣带把自己吊死在床前了。过了几个月，她男人回家，他的娘却淡淡地说，她得病死了。但她的灵魂却变了乌鸦，天天在屋前树上苦呀苦呀地叫着。”

“做人家的媳妇实在不容易。”江妈接着说，“像我们那里媳妇吃苦的真不少！”

汤妈说：“可不是！前半年在少爷家里用的叶妈还不是苦到无处说！一天到晚打水，烧饭，劈柴，种田，摘豆子，她婆婆还常常地叽里咕噜骂她。碰到丈大好些的，也还好，有地方说说。她的丈夫却又是牛脾气，好赌。输了，总拿她来出气，打得呀，浑身是伤！有一次，她给我看，一身的青肿，半个月一个月还不会退。好容易来帮人家，虽然劳碌些，比在家里总算是好得多了。一月三块半工钱，一个也不能少，都要寄回家。她丈夫还时时来找她要钱！她说起来常哭！上一次，她不是辞了回家么？那是她丈夫为了赌钱的事，被人家打伤了，一定要她回去服侍。这一向都没有信来，问她乡里人也不知道。这一半年总不见得会出来了。”

江妈道：“汤奶奶你是好福气！说是童养媳，婆婆待你比自己的女儿还好。男人又肯干，家里积的钱不少，去年不是又买了几亩田么？你真是可以回去享福了，汤奶奶！”

“哪里的话！我们哪里说得上享福两个字！我们的婆婆待我

可真不差，比自己的姆妈还好！”

这时，一声不响的刘妈插嘴道：“汤奶奶待她婆婆也真是好；自己的娘病，还不大挂心，听说她婆婆有什么难过，就一定要回去看看的了！上次她婆婆还托人带了大棉袄给她，真是疼她！”

汤妈指着刘妈向江妈道：“她真可怜！人是真好，只可惜有些太老实，常给人欺负。她出来帮人家也是没法的。她家里不是少吃的，穿的，只是她婆婆太厉害了，不是打，就是骂；没有一天好日子过。自从她男人死了，婆婆更恨她入骨，说她是克夫。她到外边来，赛如在天堂上！”

刘妈一声不响地听着她在谈自己的身世。栏杆外面乌鸦还是一声苦呀苦呀在叫着，夜色已经成了深灰色了。

“刘妈，天黑了，怎么还不点灯？天天做的事都会忘了么！”她主妇的声音，严厉地由后房传出。

“噢，来了。”刘妈连忙地答应，慌慌张张地到后面去了。

“真作孽，像她这样的人，到处要给人欺负。”江妈说，“还好她是个呆子，看她一天到晚总是嘻嘻的笑脸。”

“不。”汤妈说，“别看她呆头呆脑的；她和我谈起来，时时地落泪呢。有一次，她给主妇大骂了一顿以后，她便跑到自己房里痛哭。到了夜里，我睡时，还听见她在呜咽地抽气！”

想不到刘妈是这样的一个人，自到山中来后，我们每以她为乐天的痴呆人，往往地拿她来取笑，她也从没有发怒过，谁晓得她原是这样的一个“苦鸦子”！

这时，黑夜已经笼罩了一切。江妈说：“我也要去点灯了。”

“苦呀，苦呀！”的乌鸦已经静止，大约它们是栖定在巢中了。

蝴蝶的文学

1

春送了绿衣给田野，给树林，给花园；甚至于小小的墙隅屋角，小小的庭前阶下，也点缀着新绿。就是油碧色的湖水，被春风潾潾地吹动，山间的溪流也开始淙淙汩汩地流动了；于是黄的、白的、红的、紫的、蓝的，以及不能名色的花开了，于是黄的、白的、红的、黑的，以及不能名色的蝴蝶们，从蛹中苏醒了，舒展着美的耀人的双翼，栩栩在花间，在园中飞了；便是小小的墙隅屋角，小小的庭前阶下，只要有新绿的花木在着的，只要有什么花舒放着的，蝴蝶们也都栩栩地来临了。

蝴蝶来了，偕来的是花的春天。

当我们在和暖宜人的阳光底下，走到一望无际的开放着金黄色的花的菜田间，或杂生着不可数的无名的野花的草地上时，大的小的蝴蝶们总在那里飞翔着。一刻飞向这朵花，一刻飞向那朵花，便是停下了，双翼也还在不息不住地扇动着。一群儿童嬉笑着追逐在它们之后，见它们停下了，悄悄地便蹑足走近，等到他们走近时，蝴蝶却又态度闲暇地舒翼飞开了。

呵，蝴蝶！它便被追，也并不现出匆急的神气。

——日本的俳句，我乐 作

在这个时候，我们似乎感到全个宇宙都耀着微笑，都泛溢着快乐，每个生命都在生长，在向前或向上发展。

2

在东方，蝴蝶是我们最喜欢的东西之一，画家很高兴画蝶。甚至于在我们古式的帐眉上，常常是绘饰着很工细的百蝶图，——我家以前便有两幅帐眉是这样的。在文学里，蝴蝶也是他们所很喜欢取用的题材之一。歌咏蝴蝶的诗歌或赋，继续地产生了不少。梁时刘孝绰有《咏素蝶》一诗：

随蜂绿绕蕙，避雀隐青薇。
映日忽争起，因风乍共归。
出没花中见，参差叶际飞。
芳华幸勿谢，嘉树欲相依。

同时如简文帝(萧纲)诸人也作有同题的诗。于是明时有一个钱文荐的做了一篇《蝶赋》，便托言梁简文与刘孝绰同游后园，“见从风蝴蝶，双飞花上”，孝绰就作此赋以献简文。此后，李商隐、郑谷、苏轼诸诗人并有咏蝶之作，而谢逸一人作了蝶诗三百首，最为著名，人称之为“谢蝴蝶”。

叶叶复翩翩，斜桥对侧门。
芦花唯有白，柳絮可能温？
西子寻遗殿，昭召觅故村。
年年方物尽，来别败兰荪。

——李商隐　作

寻艳复寻香，似闲还似忙。
暖烟深蕙径，微雨宿花房。
书幌轻随梦，歌楼误采妆。
王孙深属意，绣入舞衣裳。

——郑谷　作

双肩卷铁丝，两翅晕金碧。
初来花争妍，忽去鬼无迹。

——苏轼　作

何处轻黄双小蝶，翩翩与我共徘徊。
绿阴芳草佳风月，不是花时也解来。

——陆游　作

桃红李白一番新，对舞花前亦可人。
才过东来又西去，片时游遍满园春。
江南日暖午风细，频逐卖花人过桥。

——谢逸　作

像这一类的诗，如要集在一起，至少可以成一大册呢。然而好的实在是没有多少。

在日本的俳句里，蝴蝶也成了他们所喜咏的东西，小泉八云曾著有《蝴蝶》一文，中举咏蝶的日本徘句不少，现在转译十余首于下。

就在睡中吧，它还是梦着在游戏——呵，草的蝴蝶。

——护物　作

醒来！醒来！——我要与你做朋友，你睡着的蝴蝶。

——芭蕉　作

呀，那天笼鸟眼里的忧郁的表示呀；——它妒羡着蝴蝶！

——作者不明

当我看见落花又回到枝上时，——呵！它不过是一只蝴蝶！

——守武　作

蝴蝶怎样地与落花争轻呵！

——春海　作

看那只蝴蝶飞在那个女人的身旁——在她前后飞翔着。

——素园　作

哈！蝴蝶！——它跟随在偷花者之后呢！

——丁涛　作

可怜的秋蝶呀！它现在没有一个朋友，却只跟在人的后边呀！

——可都里　作

至于蝴蝶们呢，他们都只有十七八岁的姿态。

——三津人　作

蝴蝶那样的游戏着，——一若在这个世界上没有一个敌人似的！

——作者不明

呀，蝴蝶！——它游戏着，似乎在现在的生活里，没有一点别的希求。

——一茶　作

在红花上的是一只白的蝴蝶，我不知是谁的魂。

——子规　作

我若能常有追捉蝴蝶的心肠呀！

——杉长　作

3

我们一讲起蝴蝶，第一便会联想到关于庄周的一段故事。《庄子·齐物论》道："昔者庄周梦为蝴蝶，栩栩然蝴蝶也，自喻适志与，不知周也。俄然觉，则蘧蘧然周也。不知周之梦为蝴蝶与?蝴蝶之梦为周与?周与蝴蝶，则必有分矣。此之为物化。"这一段简短的话，又合上了"庄子妻死，惠子吊之。庄子方箕踞，鼓盆而歌"(《至乐篇》)的一段话，后来便演变成了一个故事。这故事的大略是如此：庄周为李耳的弟子，尝昼寝梦为蝴蝶，"栩栩然于园林花草之间，其意甚适。醒来时，尚觉臂膊如两翅飞动，心甚异之。以后不时有此梦。"他便将此梦诉之于师。李耳对他指出夙世因缘。原来那庄生是混沌初分时一个白蝴蝶，因偷采蟠桃花蕊，为王母位下守花的青鸾啄死。其神不散，托生于世做了庄周。他被师点破前生，便把世情看做行云流水，一丝不挂。他娶妻田氏，二人共隐于南华山。一日，庄周出游山下，见一新坟封土未干，一少妇坐于冢旁，用扇向冢连扇不已，便问其故。少妇说，她丈夫与她相爱。死时遗言，如欲再嫁，须待坟土干了方可。因此举扇扇之。庄子便向她要过扇来，替她一扇，坟土立刻干了，少妇起身致谢，以扇酬他而去。庄子回来，慨叹不已。田氏闻知其事，大骂那少妇不已。庄子道："生前个个说恩深，死后人人欲扇坟。"田氏大怒，同他立誓说，如他死了，她决不再嫁。不多几日，庄子得病而死。死后七日，有楚王孙来寻庄子，知他死了，便住于庄子家中，替他守丧百日。田氏见他生得美貌，对他很有情意。后来，二人竟恋爱了，结婚了。结婚时，王孙突然心疼欲绝。王孙之仆说，欲得人的脑髓吞之才会好。田氏便去拿斧劈棺，欲取庄子之脑髓。不料棺盖劈裂时，庄子却叹了一口气从棺内坐起。田氏吓得心头乱跳，不得已将庄子从棺内扶出。这时，寻王孙时，他主仆二人早已不见了。庄子说她道："甫得盖棺遭斧劈，如何等待扇干坟！"又用手向外指道："我教你看两个人。"田氏回头一看，只见楚王孙及其仆踱了进来。她吃了一惊，转身时，不见了庄生，再回头时，连王孙主仆也不见了。"原来此皆庄生分身隐形之法。"田氏自觉羞辱不堪，便悬梁自缢而死。庄子将她尸身放入劈破棺木时，敲着瓦盆，依棺而歌。

这个故事，久已成了我们的民间传说之二。最初将庄子的两段话演为故事的在什么时代，我们已不能知道，然在宋金院本中，已有《庄周梦》的名目。其后元明人的杂剧中，更有几种关于此故事的：

鼓盆歌庄子叹骷髅

一本(李寿卿　作)

老庄周一枕蝴蝶梦

一本(史九敬先　作)

庄周半世蝴蝶梦

一本(明无名氏)

这些剧本现在都已散佚，所可见到的只有《今古奇观》第二十回《庄子休鼓盆成大道》一篇东西。然诸院本杂剧所叙的故事，似可信其与《今古奇观》中所叙者无大区别。可知此故事的起源，必在南宋的时候，或更在其前。

4

韩凭妻的故事较庄周妻的故事更为严肃而悲惨。宋大夫韩凭，娶了一个妻子，生得十分美貌。宋康王强将凭妻夺来。凭悲愤自杀。凭妻悄悄地把她的衣服弄腐烂了。康王同她登高台远眺。她投身于台下而死。侍臣们急握其衣，却着手化为蝴蝶。（见《搜神记》）

由这个故事更演变出一个略相类的故事。《罗浮旧志》说："罗浮山有蝴蝶洞在云峰岩下，古木丛生，四时出彩蝶，世传葛仙遗衣所化。"

我少时住在永嘉，每见彩色斑斓的大凤蝶，双双地飞过墙头时，同伴的儿童们都指着他们而唱道："飞，飞！梁山伯，祝英台！"《山堂肆考》说："俗传大蝶出必成双，乃梁山伯、祝英台之魂，又韩凭夫妇之魂，皆不可晓。"梁祝的故事，与韩凭夫妻事是绝不相类的，是关于蝴蝶的最凄惨而又带有诗趣的一个恋爱的故事。这个故事的来源不可考，至现在则已成了最流传的民间传说。也许有人以为它是由韩凭夫妻的故事蜕化而出，然据我猜想，这个故事似与韩凭夫妻的故事没有什么关系。大约是也许有的地方流传着韩凭夫妻的故事，便以那飞的双凤蝶为韩凭夫妻。有的地方流传着梁山伯祝英台的故事，便以那双飞的凤蝶为梁山伯祝英台。

梁山伯是梁员外的独生子，他父亲早死了。十八岁时，别了母亲到杭州去读书。在路上遇见祝英台；祝英台是一个女子，假装为男子，也要到杭州去读书。二人结拜为兄弟，同到杭州一家书塾里攻学。同居了三年，山伯始终没有看出祝英台是女子。后来，英台告辞先生回家去了；临别时，悄悄地对师母说，她原是一个女子，并将她恋着山伯的情怀诉述出。山伯送英台走了一程；她屡以言挑探山伯，欲表明自己是女子，而山伯俱不悟。于是，她说道，她家中有一个妹妹，面貌与她一样，性情也与她一样，尚未订婚，叫他去求亲。二人就此相别。英台到了家中，时时恋念着山伯，怪他为什么好久不来求婚。后来，有一个马翰林来替他的儿子文才向英台父母求婚，他们竟答应了他。英台得知这个消息，心中郁郁不乐。这时，山伯在杭州也时时恋念着英台，——是朋友的恋念。一天，师母见他忧郁不想读书的神情，知他是在想念着英台，便告诉他英台临别时所说的话，并述及英台之恋爱他。山伯大喜欲狂，立刻束装辞师，到英台住的地方来。不幸他来得太晚了，太晚了！英台已许与马家了！两人相见述及此事，俱十分地悲郁。山伯一回家便生了病，病中还一心恋念着英台。他母亲不得已，只得差人请英台来劝慰他。英台来了，他的病觉得略好些。后来，英台回家了，他的病竟日益沉重而至于死。英台闻知他的死耗，心中悲抑如不欲生。然她的喜期也到了。她要求须先将喜轿抬至山伯墓上，然后至马家，他们只得允许她这个要求。她到了坟上，哭得十分伤心，欲把头撞死在坟石上，亏得丫环把她扯住了。然山伯的魂灵终于被她感动了，坟盖突然地裂开了。英台一见，急忙钻入坟中。他们来扯时，坟石又已合缝，只见她的裙儿飘在外面而不见人。后来他们去掘坟。坟掘开了，不惟山伯的尸体不见，便连英台的尸体也没有了，只见两个大凤蝶由坟的破处飞到外面，飞上天去。他们知道二人是化蝶飞去了。

这个故事感动了不少民间的少年男女。看它的结束甚似《华山畿》的故事。《古今乐录》说："《华山畿》者，宋少帝时懊恼一曲，亦变曲也。少帝时南徐一士子，从华山畿往云阳，见客舍有女子，年十八九，悦之无因，遂感心疾。母问其故，具以启母，母为至华山寻访，见女具说，女闻感之，因脱蔽膝；令母密置其席下，卧之当已。少日果差。忽举席见蔽膝而抱持，遂吞食而死。气欲绝，谓母曰：'葬时车载，从华山度。'母从其意。比至女门，牛不肯前，打拍不动。女曰：'且待须臾。'妆点沐浴，既而出，歌曰：'华山畿，君既为侬死，独活为谁施！欢若见怜时，棺木为侬开。'棺应声开。女遂入棺！家人扣打，无论如何，乃合葬，呼曰神女冢。"也许便是从《华山畿》的故事里演变而成为这个故事的。

5

梁山伯祝英台以及韩凭夫妻，在人间不能成就他们的终久的恋爱，到了死后，却化为蝶而双双地栩栩地飞在天空，终日地相伴着。同时又有一个故事，却是蝶化为女子而来与人相恋的。《六朝录》言：刘子卿住在庐山，有五彩双蝶，来游花上，其大如燕。夜间，有两个女子来见他，说，“感君爱花间之物，故来相谐，君子其有意乎？”子卿笑日，“愿伸缱绻。”于是这两个女子便每日到子卿住处来一次，至于数年之久。

蝶之化为女子，其故事仅见于上面的一则，然蝶却被我东方人视为较近于女性的东西。所以女子的名字用“蝶”字的不少，在日本尤其多。(不过男子也有以蝶为名)现在舞女尚多用蝶花、蝶吉、蝶之助等名。私人的名字，如“谷超”(Kochi)或“超”(Cho)，其意义即为蝴蝶。陆奥的地方，尚存称家中最幼之女为太郭娜(Tekona)之古俗，太郭娜即陆奥土语之蝴蝶。在古时，太郭娜这个字又为一个美丽的妇人的别名。

然在中国蝶却又为人所视为轻薄无信的男子的象征。粉蝶栩栩地在花间飞来飞去，一时停在这朵上，隔一瞬，又停在那一朵花上，正如情爱不专一的男子一样。又在我们中国最通俗的小说如《彭公案》之类的书，常见有花蝴蝶之名；这个名字是给予那些喜爱任何女子的色情狂的盗贼的。他们如蝴蝶之闻花的香气即飞去寻找一样，一见有什么好女子，便追踪于她们之后，而欲一逞。

这个地方，所指的蝴蝶便与上文所举的不同，已变为一种慕逐女子的男性，并非上文所举的女性的象征了。所以，蝴蝶在我们东方的文学里，原是具有异常复杂的意义的。

6

蝶在我们东方，又常被视为人的鬼魂的显化。梁祝及韩凭的二故事，似也有些受这个通俗的观念的感发。这种鬼魂显化的蝶，有时是男子显化的，有时是女子显化的。《春渚纪闻》说，“建安章国老之室宜兴潘氏，既归国老，不数岁而卒。其终之日，室中飞蝶散满，不知其数，闻其始生，亦复如此。即设灵席，每展遗像，则一蝶停立久久而去，后遇避讳之日，与曝像之次，必有一蝶随至，不论冬夏也。其家疑其为花月之神。”这个故事还未说蝶就是亡去少妇的魂。《癸辛杂识》所记的二事，乃直接的以蝶为人的魂化。“杨昊字明之，娶江氏少女，连岁得子。明之客死之明日，有蝴蝶大如掌，徊翔于江氏旁，竟日乃去。及闻讣，聚族而哭，其蝶复来，绕江氏，饮食起居不置也。盖明之未能割恋于少妻稚子，故化蝶以归尔……杨大芳娶谢氏，亡未殓。有蝶大如扇，其色紫褐，翩翩自帐中徘徊飞集窗户间，终日乃去。”

日本的故事中，也有一则关于魂化为蝶的传说。东京郊外的某寺坟地之后，有一间孤零零立着的茅舍，是一个老人名为高滨(Takayama)的所住的房子。他很为邻居所爱，然同时人又多目之为狂。他并不结婚，所以只有一个人。人家也没有看见他与什么女子有关系。他如此孤独地住着，不觉已有五十年了。某一年夏天，他得了一病，自知不起，便去叫了弟媳及她的一个三十岁的儿子来伴他。某一个晴朗的下午，弟媳与她的儿子在床前看视他，他沉沉地睡着了。这时有一只白色大蝶飞进屋，停在病人的枕上。老人的侄用扇去逐它，但逐了又来。后来它飞出到花园中，侄也追出去，追到坟地上。它只在他面前飞，引他深入坟地。他见这蝶飞到一个妇人坟上，突然地不见了。他见坟石上刻着这妇人名明子(Akiko)，死于十八岁。这坟显然已很久了，绿苔已长满了坟石上。然这坟收拾得干净，鲜花也放在坟前，可见还时时有人在看顾她。这少年回到屋内时，老人已于睡梦中死了，脸上现出笑容。这少年告诉母亲在坟地上所见的事，他母亲道："明子！唉！唉！"少年问道："母亲，谁是明子？"母亲答道："当你伯父年少时，他曾与一个可爱的女郎名明子的订婚。在结婚前不久，她患肺病而死。他十分地悲切。她葬后，他便宣言此后永不娶妻，且筑了这座小屋在坟地旁，以便时时可以看望她的坟，这已是五十年前的事了。在这五十年中，你伯父不问寒暑，天天到她坟上祷哭，且以物祭之，但你伯父对人并不提起这事。所以，现在，明子知他将死，便来接他：那大白蝶是她的魂呀。"

在日本又有一篇名为《飞的蝶簪》的通俗戏本，其故事似亦是从鬼魂化蝶的这个概念里演变出。蝴蝶是一个美丽的女子，因被诬犯罪及受虐待而自杀。欲为她报仇的人怎么设法也寻不出那个害她的人。但后来，这个死去妇人的发簪，化成了一只蝴蝶，飞翔于那个恶汉藏身的所在之上面，指导他们去捉他，因此得报了仇。

7

《蝴蝶梦》一剧是中国古代很流行的剧本之一。宋金院本中有《蝴蝶梦》的一个名目，元剧中有关汉卿的一本《包待制三勘蝴蝶梦》，又有萧德祥的一本同名的剧本。现在关汉卿的一本尚存在于《元曲选》中。

这个戏剧的故事，也是关于蝴蝶的，与上面所举的几则却俱不同。大略是如此：王老生了三个儿子，都喜欢读书。一天，他上街替儿子买些纸笔，走得乏了，在街上坐着歇息，不料因冲着马头，却被骑马的一个势豪名葛彪的打死了。三个儿子听见父亲为葛彪打死，便去寻他报仇，也把他打死了。他们都被捉进监狱。审判官恰是称为中国的苏罗门的包拯。当他大审此案之前，曾梦自己走进一座百花烂漫的花园，见一个亭子上结下个蛛网。花间飞来一个蝴蝶，正打在网上，却又来了一个大蝴蝶，把它救出。后来，又来第二个蝴蝶打在网中，也被大蝴蝶救了。最后来了一个小蝴蝶，打在网中，却没有人救，那大蝴蝶两次三番只在花丛上飞，却不去救。包拯便动了恻隐之心，把这小蝴蝶放走了。醒来时，却正要审问王大王二王三打死葛彪的案子。他们三个人都承认葛彪是自己打死的，不干兄或弟的事。包拯说，只要一个人抵命，其他二人可以释出，便问他们的母亲，要哪一个去抵命。她说，要小的去。包拯道："为什么?小的不是你养的么?"母亲悲哽地说道："不是的，那两个，我是他们的继母，这一个是我的亲儿。"包拯为这个贤母的举动所感动，便想道："梦见大蝴蝶救了两个小蝶，却不去救第三个，倒是我去救了他。难道便应在这一件事上么？"于是他假判道："王三留此偿命。"同时却悄悄地设法，把王三也放走了。

8

还有两则放蝶的故事，也可以在最后叙一下。

唐开元的末年，明皇每至春时，即旦暮宴于宫中，叫嫔妃们争插艳花。他自己去捉了粉蝶来，又放了去。看蝶飞止在哪个嫔妃的上面，他便也去止宿于她的地方。后来因杨贵妃专宠，便不复为此戏(见《开元天宝遗事》)。

这一则故事，没有什么很深的意味，不过表现出一个淫佚的君王的轶事的一幕而已。底下的一则，事虽略觉滑稽，却很带着人道主义的精神。

“长山王进士蚪生为令时，每听讼，按律之轻重，罚令纳蝶自赎，堂上千百齐放，如风飘碎锦；王乃拍案大笑。一夜，梦一女子衣裳华好，从容而入曰：‘遭君虐政，姊妹多物故，当使君先受风流之小谴耳。’言已，化为蝶，回翔而去。明日，方独酌署中，忽报直指使至，皇遽而去。闺中戏以素花簪冠上，忘除之，直指见之，以为不恭，大受斥骂而返。由是罚蝶令遂止。”(见《聊斋志异》卷十五)